LES CONTES
INTERDITS

PEAU
D'ÂNE

Publié pour la première fois au Québec par Ada Inc.

Conception de la couverture : Mathieu C. Dandurand
Photo de la couverture : © Getty images.

ISBN : 978-2-84933-697-7

Avertissement : Cette histoire est une oeuvre de fiction. Toute ressemblance avec des gens, des événements existants ou ayant existé est totalement fortuite.

www.editions-tredaniel.com
info@guytredaniel.fr
www.facebook.com/editions.tredaniel
@tredaniel_eso

LES CONTES
INTERDITS

PEAU
D'ÂNE

STEVE LAFLAMME

Éditions **CONTRE-DIRES**
19, rue Saint-Séverin
75005 Paris

À mon frère Hugo, qui apprécie les classiques revisités.

Le Président s'avance, il est fier de rappeler
Qu'on fait tous partie d'une belle société.
Protest Song – Richard Seguin

[…] le Ciel qui parfois se lasse
De rendre les hommes contents,
Qui toujours à ses biens mêle quelque disgrâce,
Ainsi que la pluie au beau temps.
Peau d'Âne – Charles Perrault

Note de l'auteur

Le lecteur trouvera au cours des prochaines pages une version du conte original de Perrault adaptée à notre univers contemporain. Je me suis permis de trafiquer certains des éléments de la trame actantielle, mais celles et ceux qui connaissent le texte original en discerneront assez facilement les mêmes moteurs narratifs de base.

Je veux, par ailleurs, porter à l'attention du lecteur que l'intitulé de chacune des parties de ce roman correspond à un passage de l'œuvre originale.

Première partie

Comme un serment

1

Saint-Romuald

Le Président expulsa un long râle avant de retirer la dernière aiguille de son scrotum. Lizzie, sa jeune amante, ne se rendit pas compte qu'il avait joui. Elle maintint le rigoureux va-et-vient au-dessus de lui.

– Ça va... ça va, arrête ! exigea-t-il.

Lizzie s'interrompit et l'observa, l'œil encore égrillard. Puis elle réitéra les mouvements lascifs des dernières minutes, à la recherche de son propre contentement.

– Arrête, je te dis !

Le Président se retira brusquement d'elle et la bouscula sur le côté d'un geste impatient. Le sang sur les draps avait été soutiré par les aiguilles plantées sur les cuisses de la jeune femme pour de plus intenses sensations. Les fesses de Lizzie étaient zébrées d'égratignures par les ongles du quinquagénaire et la morsure des aiguilles lors des à-coups de la pénétration.

– C'était bon, on dirait, dit la jeune rousse. C'est la première fois qu'on me demande de faire quelque chose d'aussi bizarre. T'es certain que ça fait pas mal ?

Elle l'agaçait par ses mimiques obscènes, devenues ridicules hors contexte.

– Arrête ton spectacle, c'est plus nécessaire.

Le prénom Lizzie, pour « Lizzie Borden », correspondait à une demande particulière du Président. La volonté de baiser une femme dangereuse. Il s'était montré clair : elle allait le faire jouir deux fois. C'est elle qui allait se charger des aiguilles. À son signal, elle les planterait, une à la fois, à l'intérieur de ses cuisses. Puis, lorsqu'il dirait « achève-moi », Lizzie allait planter le scrotum du Président dans le matelas au moyen de trois des aiguilles miracles, avant de s'empaler sur son membre et de le chevaucher comme elle en était capable. Au moment de l'extase, le Président ouvrirait les yeux : voilà qui allait servir de signal pour que Lizzie utilise l'ultime aiguille pour lui taillader la gorge. Pas mortellement, bien entendu ; juste assez pour faire affleurer le sang.

Mais voilà : la prostituée avait failli à sa tâche. Elle s'était laissé emporter par ses propres mouvements et n'avait pas remarqué qu'il jouissait déjà. D'où l'humeur bilieuse du client.

Elle ricana.

– C'est qui déjà, la pute que tu voulais que je joue ?

– C'était pas une pute, répondit le Président.

C'était une femme qui avait cent fois plus de personnalité que toi, eut-il envie de lui assener. Il se ressaisit et, tandis qu'il enfilait son sous-vêtement, prit un ton quasi professoral :

– Lizzie Borden a été accusée du double meurtre de son père et de sa belle-mère. L'histoire veut qu'elle les ait tués à la hache.

– Mon Dieu...

– Elle a été acquittée, mais son cas est devenu tellement célèbre qu'il fait partie du folklore américain.

Le Président sourit et récita de mémoire, sur un ton badin :

« Lizzie Borden took an axe
She gave her mother forty whacks
When she saw what she had done
She gave her father forty-one
Lizzie Borden got away
For her crime she did not pay[1]. »

– Je comprends pas, mais… oh là là, répliqua la prostituée pour toute réponse.

Le Président l'observa, soupesa la valeur de ce qui venait de se produire dans cette chambre de motel.

– Comment tu t'appelles, Lizzie ?

– Isabelle, dit-elle évasivement.

Pas étonnant, se dit-il. *Un nom très commun pour une fille banale.* Outre sa chevelure de la couleur du feu, Isabelle comptait, pour meilleur atout, des seins bien galbés qu'on aimait prendre à pleines mains. Rondelette, elle compensait cette caractéristique par des yeux qui savaient vous donner l'impression que vous étiez l'homme le plus important du monde. Des yeux qu'on découvrait doux, exempts des douleurs latentes instillées par la drogue. Normal : le Président choisissait ses femmes de joie comme il sélectionnait ses subalternes. Le processus était rigoureux ; le filtrage, complexe. Tomas Ruiz, son bras droit, avait déniché Lizzie parmi quelques dizaines de femmes triées sur le volet.

– Rhabille-toi, ordonna le Président. Il faut être sortis d'ici dix minutes.

– OK, mais tu vas me payer d'abord, patron.

Le Président s'offusqua.

– J'ai l'air de quelqu'un qui ne paie pas ses dettes ?

1. « Lizzie Borden a pris une hache / Elle en a donné quarante coups à sa mère / En voyant ce qu'elle avait fait / Elle en a donné quarante-et-un à son père / Lizzie Borden s'est sauvée / Son crime elle n'a pas payé. »

Il reprit son ton professoral :

– Seuls les pauvres ne paient pas leurs dettes. Les irresponsables, les sans-ambition, aussi... les négligents.

Il jeta un œil aux égratignures sur les fesses d'Isabelle tandis qu'elle passait par-dessus sa tête le chemisier rose diaphane qui n'arrivait pas à dissimuler ses mamelons encore pointés. Il s'avança et la fit pivoter pour qu'elle prenne bien la mesure de ce qu'il lui enseignait.

– J'ai l'habitude de bien agripper ce que je veux. Pour ne pas le laisser partir. Et je paie mes dettes. Mais toi, Lizzie, as-tu payé les tiennes ?

Isabelle adressa au Président une moue d'incompréhension. Il était devenu clair qu'elle ne souhaitait que prendre son dû et s'en aller.

– De quoi tu parles ?

Avant de comprendre, elle accusa une droite au menton qui la projeta sur la table de chevet. Sa plus coûteuse erreur ? Son entêtement à se remettre debout. Car chaque fois, la droite était plus percutante. Après la quatrième, Isabelle resta au sol. Son visage saignait à présent plus que son cul.

Le Président s'agenouilla à côté d'elle. Il trouva excitant que son employée du jour se soit évanouie jambes écartées.

L'inconscience de sa soumise. Voilà le secret pour jouir une seconde fois au cours de la même séance. Sur cet aspect, Lizzie avait fait ce qu'elle avait à faire.

2

Saint-Romuald

La règle numéro un, c'était de garder le silence. Et d'écouter attentivement.

Tomas Ruiz fut formel là-dessus. Isabelle Pouliot fermerait sa gueule. De toute façon, en raison de ce que lui avait infligé le Président, elle ressemblait à un Picasso à qui le peintre avait mis la bouche sous une oreille.

La jeune femme marmonna des paroles incompréhensibles. Après l'épisode qui s'était déroulé dans la chambre 17 du motel Olympia, les événements s'étaient déroulés à son insu. Il fallut l'instruire de la chronologie. Tomas Ruiz avait été appelé à la rescousse. Il avait ranimé Isabelle, l'avait nettoyée. Il avait pansé ses blessures, l'avait aidée à se rhabiller. Il l'avait maquillée – sûrement trop –, afin de masquer certaines ecchymoses. Il lui avait enfilé un sweat à capuche et avait pris soin de lui remonter la capuche sur la tête, histoire de dissimuler les coupures impossibles à camoufler. Il l'avait accompagnée à l'extérieur du motel, l'avait installée dans sa propre voiture, puis lui avait administré un sédatif.

Depuis, ils roulaient dans la nuit opaque.

— Vmf mrr uer ? balbutia Isabelle.

Ruiz savait décoder ce langage. Ce n'était pas la première fois qu'il volait au secours du Président. Chaque fois, Ruiz se chargeait des bavures présidentielles.

— Non, je ne vais pas vous tuer.

— Où ooo vfffâ ?

— Taisez-vous, Isabelle.

L'Audi de Tomas Ruiz roulait sur l'autoroute 20. Le motel Olympia était loin derrière et la route, presque déserte.

— Je vous amène à l'hôpital, ajouta-t-il.

— 'pital ? N-non...

Isabelle essaya de se redresser, mais constata que son chauffeur, en plus d'attacher sa ceinture, lui avait ligoté les mains derrière le dos.

— Vous serez libérée avant d'entrer aux urgences, fit Ruiz.

— Peux pas...

— Je sais, dit-il. Vous êtes une prostituée. Vous ne voulez pas qu'on vous questionne sur vos activités. C'est la raison pour laquelle vous allez la fermer et m'écouter.

Ruiz lui expliqua le plan. Isabelle allait entrer docilement dans l'hôpital. Elle ne ménagerait pas les gémissements et les cris, afin de ne pas attendre trop longtemps. Elle prétexterait s'être fait agresser à la sortie d'un bar.

— Z'êtes... mmmqui ? mâchonna-t-elle.

Sa bouche était pâteuse, mais l'élocution revenait progressivement. La douleur aussi : son visage était l'épicentre d'un volcan dont l'éruption se poursuivait.

Ruiz n'allait pas l'apprendre à Isabelle, mais il était le bras droit du Président. Le recolleur de pots très cassés. Au service du Président depuis cinq ans, Ruiz était témoin de toutes les teintes du spectre infernal que provoquait son patron lorsqu'il laissait libre cours à ses désirs les plus nocifs.

– Z'êtes mmmqui ? insista Isabelle.

– Ce soir, je suis votre ami.

L'Hôtel-Dieu de Lévis était à moins de deux kilomètres.

Lorsqu'il gara l'Audi dans le parking, Ruiz répéta une scène qu'il avait jouée des dizaines de fois depuis qu'il secondait le Président. La seringue qu'il sortit de son boîtier contenait une double dose de modafinil rendu liquide, un psychostimulant administré d'habitude par voie orale. Il attendrait une trentaine de minutes, le temps qu'Isabelle sente les effets du médicament et se réveille pleinement.

• • •

Il sut que le médicament faisait effet quand la prostituée remua comme une anguille sur le siège passager.

– D'accord, Isabelle. On va passer aux choses sérieuses. Vous ne m'avez jamais vu. Si on vous demande qui vous a conduite jusqu'ici, vous montrez le copain qu'on a en commun.

Ruiz pointa l'ancien Premier ministre Borden sur un des billets de cent dollars qu'il délia et mit presque de force dans la main de la jeune femme. Il lui expliqua ensuite les règles comme à une enfant de cinq ans. Elle avait été frappée par un inconnu au sortir d'un bar. Elle n'avait pas vu son agresseur, puisqu'elle était dans les vapes après avoir consommé.

– C'est l'argent que...

– Vous avez là tout ce que votre client vous devait, en plus d'une jolie somme pour les jours difficiles. Vous connaissez la meilleure ?

– Vous voulez une pipe comme remerciement, j'imagine ?

— Non. Il y aura une autre liasse comme celle-ci sous le siège arrière, si vous gardez le silence.

— Vous êtes en train de m'acheter ?

— Chaque soir, vous êtes à vendre, de toute façon.

Ruiz la regarda fixement au fond des yeux. Elle était revenue du pays des morts, lui semblait-il. Rien ne garantissait qu'Isabelle se souvienne des événements qui avaient précédé son évanouissement. Le Président l'avait tellement frappée qu'elle était sans doute commotionnée. Ruiz se disait chaque fois que si le patron n'était pas animé par des pulsions aussi néfastes, il n'aurait eu qu'à droguer ses putes au GHB et l'affaire aurait été réglée.

Sauf que la violence faisait partie du jeu, et ce n'était pas négociable.

Et parce que le Président détestait les risques mal calculés, le rôle de Tomas Ruiz était devenu celui de l'aplanisseur de risques. D'abord le patron l'avait employé pour ses fines qualités d'avocat. Ruiz provenait d'une firme mexicaine qui avait négocié avec PYRO, la compagnie du Président, une transaction majeure faisant en sorte que la société québécoise achète le deuxième plus important producteur de téquila du pays des Mayas. Non content d'avoir profané un symbole de la culture mexicaine, le Président ne s'était pas arrêté là. Il avait décidé d'acheter les plantations d'agave bleu de la famille Cabrera, producteurs de père en fils dans l'État de Puebla depuis quatre-vingts ans. À contrecœur, les Cabrera avaient vendu leurs plantations à l'homme d'affaires québécois après que Ruiz eut facilité la transaction en conférant avec eux en privé, leur faisant voir « le bon côté des choses ». Enchanté par la loyauté de l'avocat, le Président avait rapatrié Ruiz pour en faire son homme de confiance au Québec. Ruiz parlait le français, l'ayant étudié à l'Université de Monterrey, et comptant dans sa généalogie des ascendants originaires de France.

Au fil des années, le Mexicain s'était entouré d'hommes de main capables de prendre en charge les situations les plus délicates.

Comme celle à laquelle il était confronté ce soir.

– Vous avez tout compris ?

– Je suis pas conne.

– Bien sûr que non. Vous êtes assez intelligente pour savoir qu'il y a pas mal d'argent qui vous attend.

Quand il délia les entraves de la jeune femme, Ruiz ressentit la même injection d'adrénaline qui le galvanisait chaque fois qu'il réparait les erreurs du Président. La prostituée pouvait le frapper, le griffer, le mordre. Pire : elle pouvait s'enfuir et parler.

Mais elle ne le ferait pas. Parce que l'odeur de l'argent était suave pour une femme comme elle.

Isabelle referma la porte vitrée derrière elle en pénétrant dans l'établissement. Ruiz jeta un œil à l'enseigne lumineuse de l'Hôtel-Dieu et hocha la tête. *Moi aussi,* songea-t-il, *je guéris les hémorragies.*

Restait à espérer que la jeune femme tienne sa langue. Et qu'elle garde son pantalon. Si on la questionnait sur ces griffures qui lui hachuraient les fesses, elle ne saurait peut-être pas improviser.

• • •

Ce qui suivit constituait le véritable spectacle.

L'Audi resta dans le parking de l'hôpital. Ruiz appela un émissaire qui l'attendait à proximité pour être ramené au motel Olympia.

— Encore vous ? s'exclama le réceptionniste, un petit homme chauve qui avait volé les lunettes caractéristiques de Buddy Holly.

Et encore une fois, il récolta le pactole pour entretenir son silence.

Ruiz regagna la chambre. Il arracha les draps et les enfourna dans un grand sac de toile.

— Le plancher est propre, fit une voix derrière lui.

Mullins, un homme de main. Le Président déployait des tentacules capables de l'aider partout où il passait. Cletus Mullins détestait depuis l'enfance le nom dont il avait hérité : un prénom de Noir jouxté à un patronyme irlandais pur jus. Clownesque comme une afro sur la tête du président JFK. Il comprit tôt qu'il valait mieux canaliser son agressivité et sa rancœur plutôt que de se plaindre. D'où son embauche dans l'organigramme des activités obscures gérées par Tomas Ruiz.

Tout y passa. Les interstices entre les joints de métal du plancher. Le matelas. Les meubles. Les toilettes. Les poubelles.

Quand ils ressortirent, cette chambre avait oublié la visite du Président et de son escorte.

Au comptoir, le réceptionniste était perplexe.

— Ça vous a plu ?

Tomas Ruiz n'apprécia pas le sous-entendu. Le petit chauve croyait que le second du Président était venu rejoindre Cletus Mullins pour un rendez-vous coquin loin des projecteurs.

— C'est vous, le proprio ? demanda Ruiz.

— Ouais. Vous allez revenir ?

Ruiz regarda Mullins.

— On va revenir ?

— Probablement pas.

Le temps que le proprio du motel Olympia exorbite ses yeux de grenouille, le projectile du Benelli B76 de Mullins lui fora le front et cracha sur le mur derrière lui toutes ses pensées perverses.

Ruiz lança un dernier ordre à Mullins avant d'aller l'attendre dans sa voiture.

– Reprends l'argent et garde-le. Pour tes bons services.

Cletus Mullins n'aimait pas son nom. Mais il aimait bien travailler pour Tomas Ruiz.

Dans la voiture, Ruiz téléphona au Président.

– Vous pouvez dormir en paix. Cette journée n'a jamais eu lieu.

3

Montchatel

Elle allait parler.

Et elle le ferait à travers sa plume. Pas d'ordinateur, comme ces auteurs qui avaient perdu le sens de ce que c'est qu'écrire. Anne avait besoin du contact de ses paumes avec le papier. Du grattement de la plume sur le pupitre. De l'effusion d'encre qu'elle contrôlait elle-même selon la pression qu'elle mettait sur son instrument. Elle avait chaque fois l'impression que c'était d'un peu d'elle-même qu'elle tachait la page – elle y versait de son sang noir.

Anne était une passionnée. D'aucuns l'avaient noté très tôt. Sa mère, par exemple, qui avait toujours eu cette impression que sa fille était *quelqu'un à part* – une expression qu'elle utilisait en présence de proches pour tenter de saisir l'unicité d'Anne, de lénifier ce tempérament qui la dérangeait en tant que mère.

À quinze ans, Anne savait qu'elle avait déjoué les pronostics. Sa naissance prématurée, couplée au manque d'oxygène au cours des premières minutes de son existence, lui avait laissé des séquelles dont elle n'était que peu consciente. Les autres croyaient percevoir quelque chose, mais elle ?

L'obscurité l'enveloppait comme un linceul protecteur. D'autres auraient étouffé dans ce bureau qu'elle s'était aménagé dans sa chambre. C'était un cagibi accessible par une porte faisant face à son lit. Le père d'Anne, très riche, avait offert à sa fille de lui installer un *vrai* bureau, un meuble digne d'elle et de ses ambitions, un éclairage adéquat, une chaise ergonomique suivant les recommandations des meilleurs spécialistes... Mais Anne préférait la noirceur et l'exiguïté. Son antichambre était établie dans les combles de la maison centenaire de ses parents. Elle se nourrissait de ce sentiment d'être très proche des personnages auxquels elle donnait naissance sur papier. Le cagibi établi dans ce qui aurait dû être le dressing d'une fille de millionnaire offrait à Anne une quiétude qu'elle ne rencontrait nulle part ailleurs.

Ils étaient seuls. Anne, ses personnages et ceux nés de l'imaginaire des écrivains qu'elle vénérait. Ils étaient tous des suppôts de l'ombre, comme elle. Anne aurait aimé que la proximité qu'elle entretenait avec les livres de ses héros et héroïnes fasse déteindre sur elle leur vérité, car elle rêvait de devenir écrivaine. Pas le successeur de son père, à la tête d'une société spoliatrice comme la sienne. Ni un avatar de sa mère, qui se contentait depuis des années de vivre dans l'ombre de son mari.

Anne, elle, faisait de l'ombre son alliée.

Elle posa sa plume, le temps de se ressourcer dans *La Maison des sorcières* d'Evangeline Walton. Elle relisait ce roman pour la vingt-sixième fois. Après, elle se replongerait dans *Les Enfants du sabbat* pour tenter d'en imprégner son imaginaire. Écrire un grand roman d'épouvante : tel était l'objectif d'Anne. Susciter la peur d'autrui par le pouvoir des mots – son idéal.

De l'autre côté, la porte qui s'ouvrit laissa entrer un courant d'air.

– Anne?

La voix de son père.

Elle devrait consentir à sortir de sa tanière.

Comme chaque fois qu'il venait la voir, il avait les mains pleines. Le Président déposa les sacs sur le lit de sa fille et la laissa fouiner. Il savait que, comme d'habitude, Anne ne penserait pas à le remercier, qu'il devrait lui soutirer cette marque de politesse. Son bonheur de trouver de nouvelles lectures dans ces sacs ne transparaîtrait pas sur son visage. Anne était ainsi faite: tout chez elle était confiné dans son esprit. Lorsqu'elle parlait, elle le faisait à mi-voix (comme le double de William Wilson chez Poe, se disait-elle pour se trouver moins bête), comme si elle avait honte de la parole. *Est-elle autiste?* avait demandé sa mère au médecin, après un test de routine. *Non, pas autiste. Elle est... intérieure. Taciturne,* avait-on répondu.

Elle saisit à pleines mains la douzaine de romans noirs et d'épouvante que son père lui offrait.

– T'es contente? s'enquit-il.

– Oui.

Anne remarqua le roman d'un auteur qu'elle ne connaissait pas. Byron Keydon. Avec maladresse, elle laissa tomber les autres livres pour se concentrer sur *Les Blessures savantes,* l'œuvre de cet auteur inconnu.

– La libraire me l'a fortement conseillé, indiqua son père.

Les yeux d'Anne s'agrandirent le temps d'une milliseconde, signe d'une curiosité dont elle conservait les bruissements de joie pour elle-même.

Le Président l'observa, étira le cou pour essayer de deviner ce que tramait sa fille dans son alcôve secrète. Comme les fois précédentes, il regretta son erreur. Anne referma la porte de son petit espace privé comme si son père violait son intimité corporelle.

Le Président sourit. Anne l'ébahissait par l'entêtement résolu avec lequel elle se livrait corps et âme à ce qui l'animait, par son abandon à ce feu qui la consumait de l'intérieur. Devenir écrivaine. Faire couler l'horreur depuis son âme jusqu'aux pages noires qu'elle faisait siennes. Le Président était fier de sa fille, une enfant qui n'avait jamais perdu son temps à jouer avec des poupées débiles représentant des sottes destinées à rester sans envergure. Dès qu'elle avait lu avec fluidité, Anne s'était intéressée aux histoires noires. Sa mère s'en était inquiétée, mais le Président, lui, savait que sa fille forgeait son âme. Elle se faisait forte. Elle construisait son imaginaire en ne récusant pas les pulsions les plus incarnées de sa personne. Quelques fois, le Président s'était même laissé tenter. Il avait emprunté deux ou trois livres à sa fille, fasciné par les sévices auxquels s'adonnaient les personnages qui l'intéressaient. Il appréciait l'imagination de quiconque laissant libre cours à des perversions comparables aux siennes... Le père et sa fille semblaient unis par un lien indicible.

Depuis la salle à manger, la voix de son épouse sortit le Président de ses songes. L'heure était venue de rassembler à table ce qui s'apparentait à une famille.

• • •

Démie avait préparé un *roast beef* et il était juteux comme l'aimait le Président. Après avoir engrangé son premier million, l'homme d'affaires avait proposé à son épouse d'embaucher du personnel à la maison : cuisinier, jardinier, femme de ménage, tutrice pour Anne. Démie avait décliné l'invitation. Elle détestait l'opulence ostentatoire. Elle tenait à sa liberté, n'avait pas envie d'avoir à passer ses journées en compagnie de gens à qui elle n'aurait pas su faire comprendre qu'ils avaient autant de valeur qu'elle.

Parce que Demeïana Zakladna savait comment se sentent les laissés-pour-compte. C'est ce qu'elle était avant que le Président ne s'intéresse à elle.

– C'est bon, chérie.

C'était aussi ce que disait le Président à leurs débuts, lorsqu'ils faisaient l'amour. Lorsqu'elle l'embrassait. Lorsque sa prononciation d'un mot trahissait ses origines. Lorsqu'elle déclarait que chacun devrait avoir sa chance de rayonner au soleil. Lorsqu'elle affirmait qu'il faut se méfier de l'argent. *C'est bon, chérie.* Des mots surannés par un usage trop fréquent, vidés de leur signification. Des mots pour ne pas avoir à supporter le silence.

C'était une autre époque, marquée par la naïveté et l'insouciance. Le Président était dans la force de ses ambitions : il avait l'âge du Christ et il était prêt à crucifier quiconque aurait osé jeter des épines en travers de son chemin, se plaisait-il à dire lors des dîners bien arrosés. Demeïana, elle, portait au fond d'elle-même son passé. Contrairement à son futur époux, elle avait connu la misère, les chandelles brûlées par les deux bouts, la dureté du béton comme matelas. Son arrivée en sol québécois s'était faite dans l'appréhension, surtout dans la méfiance en l'espoir. Parce que l'espoir est une drogue plus dure que celles que s'inoculaient ses voisins de commune, après les déboires de la scission tchécoslovaque. L'espoir vous saoule, vous emplit les veines, vous brûle les neurones. Le sevrage peut en être mortel.

Les choses s'étaient somme toute bien passées. Après l'effondrement des tours du World Trade Center, le jeune entrepreneur québécois s'était convaincu de délaisser ses velléités de devenir le prochain empereur du monde des télécommunications en assistant aux débâcles de Worldcom et de Vivendi. Il s'était offert un voyage exploratoire en Europe de l'Est, montrant un intérêt marqué pour l'univers viticole. Au terme de quelques semaines, il foulait le sol de la Slovaquie et concluait des ententes avec quelques viticulteurs honorés que leurs vins fassent les frais d'exportations privées au Québec.

Ils étaient presque aussi honorés que le Président l'avait été de rencontrer Demeïana Zakladna lors d'un dîner fortement alcoolisé à Bratislava. Elle était jeune et belle. Le restaurant qui accueillait les investisseurs canadiens et la délégation politique slovaque regorgeait de parures colorées, les moulures des portes et des fenêtres étaient luxuriantes de dorures venues d'un autre temps.

Mais les véritables joyaux qui enchantaient le Président, c'étaient les yeux de la jeune serveuse chargée de satisfaire l'appétit et la soif d'une vingtaine d'hommes d'affaires dont les avoirs auraient permis au peuple slovaque entier de se remettre de sa rupture politique.

Elle avait fini par comprendre que le Président lui demandait son nom lorsqu'il la fit venir à sa table. « Demeïana », avait-elle soufflé du bout des lèvres. Des lèvres pures, minces et faites pour déclamer toutes les sonorités de l'amour.

Il l'avait persuadée de quitter son pays, lui avait promis une vie exempte de soucis financiers. Ils avaient emménagé ensemble, s'étaient mariés trois mois plus tard, avaient développé des affinités sexuelles certaines. Sur le plan idéologique, c'était moins évident. Ils avaient trouvé un compromis. Demeïana allait soutenir le Président lors de ses apparitions publiques. Il ne la mêlerait pas au fonctionnement de Pyro, son entreprise d'import-export d'alcools, mais elle allait l'aider à lénifier l'opinion publique au sujet des activités de Pyro et de son hiérarque. En contrepartie, le Président allait s'assurer que Demeïana puisse s'adonner aux activités philanthropiques qui lui plaisaient – c'était bon pour l'opinion publique, de toute manière. Et... puisqu'on y était... c'était sans doute une bonne idée qu'elle renonce à son nom pour en emprunter un qui soit plus facile à prononcer et... moins exotique. Démie, tiens.

Elle s'était satisfaite de tout cela.

Jusqu'à l'apparition d'Anne dans leur vie.

Un tabou qui avait entaché leur relation. Démie aimait sa fille, certes, mais elle n'arrivait pas à la comprendre, ne se reconnaissait pas en elle. Anne était si introvertie, si... inquiétante.

– C'est vraiment bon, répéta le Président.

– Tant mieux, chéri. (Démie laissa passer un temps.) Anne... ça te plaît aussi ?

La jeune fille hocha la tête, la bouche pleine. L'esprit ailleurs, sûrement dans ces histoires qui l'éloignaient du monde réel, crut sa mère.

– Ça été une bonne journée, aujourd'hui, lança le Président.

Démie leva à peine les yeux. Elle savait à quoi s'attendre. Son mari avait trouvé un nouveau moyen de fabriquer encore plus d'argent, quitte à bafouer la justice sociale pour y parvenir.

– Une vingtaine de Mexicains vont débarquer d'ici deux semaines. Pour aller où, tu penses ?

Démie resta muette. Le *roast beef* était un peu trop saignant à son goût, lui donnait la nausée. Le Président fit comme si son épouse lui avait soumis une réponse.

– Non... pas au bureau de l'assistance sociale. Ils vont travailler chez PYRO. C'est ça : vingt Mexicains vont produire de la téquila québécoise au lieu d'engrosser le bassin de B.S. comme le font la plupart des immigrés.

Démie eut un haut-le-cœur. Elle se demanda si un jour le Président se rappellerait comment sa femme était arrivée en sol canadien. Elle se dit qu'il ne savait peut-être plus écrire son patronyme correctement, tellement il était convaincu de l'avoir dénaturée.

– C'est parce qu'une vingtaine de tes employés sont morts que tu les remplaces par des Mexicains ?

La voix faiblarde ayant prononcé ces paroles cyniques était celle d'Anne.

Le Président l'observa, vit qu'elle était déjà retournée dans ses songes. Puis il éclata de rire.

– Non, bien sûr que non, ma grande ! Les vingt qui partent ne sont pas morts, voyons !

– Mais ils partent, c'est ça ? comprit Démie. Ou c'est *toi* qui les congédies ?

– Je vais les réaffecter ailleurs, fit le Président, agacé.

– Quand ? Où ?

– Arrête, Démie. Je me mêle pas de tes causes, moi.

– Tu devrais, rétorqua-t-elle. Ça te rendrait plus humain.

Entre eux deux, Anne ne broncha pas. Sa fourchette tritura un morceau de viande dont le sang se répandit sur les pommes de terre pilées. Elle pensa à Hannibal Lecter et cela la fit sourire.

Démie déposa ses couverts et s'adossa contre le dossier de sa chaise. Elle avait blêmi.

– Ça va ? demanda le Président.

– J'ai plus faim.

– Tu prends ça trop à cœur, dit-il.

– J'ai la nausée. C'était comme ça avant le souper. C'est comme ça depuis un moment.

Elle quitta la tablée. Le Président avala de travers son ultime bouchée de *roast beef* avant de l'arroser du vin californien dont il avait importé trois cents bouteilles pour lui-même, le mois précédent. Elles occupaient les espaces de son cellier qu'il réservait autrefois à des vins slovaques.

Anne arrêta de se nourrir. Elle sourit au néant. Ou peut-être à la viande saignante avachie dans son assiette.

Quand elle finit par sortir de ses songes et se lever de table, il y avait au moins une heure que le Président était occupé ailleurs et que sa mère vomissait dans les toilettes.

4

Québec, quartier du Vieux-Port

L'air était frais, mais on sentait encore en filigrane les relents de l'été. Il avait été chaud.

En particulier pour André Delorme, qui se serait défini comme l'épine dans le pied du Président. L'objectif de Delorme : implanter un syndicat chez PYRO. Parce qu'il y avait des limites aux abus, parce que le Président était un salaud ne montrant que peu d'égards pour ses subalternes et qui aurait gagné à ce qu'on lui injecte dans le cul une dose de la téquila qu'il avait usurpée aux Mexicains, juste pour voir l'effet de ce qu'on vous impose sans votre consentement. Aux yeux de Delorme, la téquila PYRO était de la frime. Le Président avait acheté le deuxième producteur mexicain, avait étudié comment on produisait l'élixir. Il avait ensuite déculotté la famille Cabrera, à qui il avait ravi quatre générations d'expertise dans la culture de l'agave bleu, la plante à la base de l'alcool. Parce que l'appellation *téquila* n'était permise que lorsque la boisson était conçue au Mexique, le Président avait trouvé le moyen d'amener le Mexique jusqu'à lui. Depuis, PYRO vendait, et ses stocks s'écoulaient plus vite que ceux d'authentiques téquilas fabriquées au Mexique. Aussi bien profiter de la manne, dans ce cas, s'était convaincu Delorme.

Le syndicaliste avait distribué des tracts, rassemblé des intéressés et des curieux. Plusieurs soirs d'été avaient été occupés dans des bars du centre-ville, à discourir sur la nécessité de changer les conditions de travail à la distillerie.

Alerté des initiatives de Delorme par une taupe, le Président avait convenu de rencontrer son employé récalcitrant en terrain neutre : le *Pub Saint-Alexandre*. Ce soir, il y avait une *happy hour* sur la bière en fût, mais Delorme n'avait encore rien bu quand le Président se pointa. Il souhaitait avoir les idées claires et la repartie franche.

Le Président arriva quarante-cinq minutes plus tard qu'à l'heure convenue afin de produire l'effet désiré : paumes moites, pulsations rapides, regards inquiets à la ronde.

– T'es seul ? s'enquit-il.

– Je vois personne d'autre, répliqua Delorme.

– *Happy hour* sur la bière à la pression, hein ?

Delorme sourit en coin.

– Je me suis dit que tu voudrais sûrement économiser quelques dollars.

Le tutoiement : prérogative des proches – ceux qui ont le loisir d'étreindre ou de poignarder.

– Est-ce que je devrais voir ça comme une compensation pour le fait que bientôt mes salariés pourraient me coûter trop cher ?

– Ils coûteront ce que prévoient les lois du marché.

– C'est pas le marché que je connais.

– C'est parce que je parle du Québec, pas du Mexique. Ici, on essaie de respecter les employés.

– Il paraît qu'on embauche, à la SAQ[2], lança le Président à brûle-pourpoint.

– Personne a l'intention de partir. Les gars veulent distiller.

– Je te parle pas des autres, André.

D'un mouvement à peine visible, le Président intima au serveur d'attendre avant de venir prendre la commande.

– T'es en train de me congédier ? demanda Delorme.

– Techniquement, c'est déjà fait. La lettre est à la poste. Tu vas la recevoir bientôt. Quoique avec les syndiqués des postes, on ne peut jamais savoir.

Delorme s'avança sur sa chaise, qui crissa sur le plancher de briques et fit tourner des têtes.

– Tu te crois en 1940 ? Tu peux pas mettre un gars dehors parce qu'il propose un syndicat à ses collègues, protesta-t-il.

– Je t'ai apporté de la lecture.

Le Président extirpa de sa poche un document qu'il déplia puis jeta nonchalamment devant son vis-à-vis. D'un signe de la main, il appela le serveur.

– Deux bières pression, dit-il. Vous servirez la gratuite à mon ami.

Delorme parcourut la paperasse sans rien y comprendre.

– C'est quoi, ça ?

– Les relevés de juin.

– Les relevés de quoi ?

Le serveur apporta les bières. Le Président avala une longue rasade de la sienne. Lorsqu'il posa le bock sur la table, il négligea d'essuyer la moustache de mousse qui suivait le contour de sa lèvre supérieure. Il attrapa les relevés et passa en vitesse supérieure.

2. Société des alcools du Québec.

– Ici… 9 juin. Appel de Tehuacán. Deux jours plus tard… même heure, même appel. Plus loin… (Le Président suit les lignes du relevé téléphonique avec son doigt.) 16 juin… même problème.

– Quel problème, merde? s'impatienta Delorme.

– T'étais absent, Delorme. Les Mexicains ont appelé et tu n'étais pas au bureau.

– Comment? J…

André Delorme eut beau fouiller dans ses souvenirs, il ne se souvenait pas de s'être absenté du travail en juin.

Le Président tourna la page.

– Ici, ici et ici, dit-il en pointant trois jours successifs. Des tests de qualité non supervisés.

– Quoi? C'est des conneries, putain!

– Moi, j'appelle ça de la négligence, Delorme. Les partenaires de Tehuacán ont essayé trois fois de te joindre au bureau… en vain. Des testeurs ont dû effectuer les vérifications de qualité en ton absence…

– Tu m'as piégé, mon salaud!

Cette fois, les têtes qui se tournèrent adressèrent des regards insistants. Delorme dérangeait. Le Président en était conscient. Il était en train de mettre à la porte un employé caractériel. Des témoins se souviendraient de cet hurluberlu qui avait pété les plombs au pub, un soir de septembre.

– On n'a jamais rien exigé d'autre que la qualité, Delorme. PYRO a besoin des meilleurs.

– C'est de la connerie, répéta le syndicaliste. J'ai jamais manqué…

– Heureusement pour toi, j'ai du cœur.

Derrière Delorme s'imposa une silhouette qui, en s'approchant de la table, recouvrit de son ombre le document que l'employé avait trituré nerveusement en essayant de comprendre ce qui lui arrivait.

Tomas Ruiz posa la main sur l'épaule d'André Delorme. Ils avaient rendez-vous dehors. Il y avait de meilleurs endroits que dans un pub bondé pour faire cadeau d'une liasse d'argent qui servirait à fermer la gueule d'un bavard.

Le Président termina son verre.

Puis il en commanda un autre, avant que son téléphone ne lui rappelle qu'il avait un rendez-vous impossible à manquer le lendemain à 11 heures.

5

Vanier

Vicodin.

Dilaudid.

Rohypnol.

Poppers.

Codéine.

PCP.

Cocaïne.

Ecstacy.

Il avait tout pour vous satisfaire.

Ça tombait bien puisqu'elle avait toutes les envies, depuis cet incident qui l'avait mise au placard, quelques années auparavant.

La rue était silencieuse, exception faite du clapotis de l'eau qui tombait de la gouttière sur l'asphalte de l'entrée.

Comme chaque fois qu'ils avaient rendez-vous, Cam le trouva adossé à la clôture, derrière l'immeuble, en train de fumer. Les premiers temps, elle l'imaginait l'attendre avec un Sig Sauer sous le chandail. C'est l'arme qu'il avait pointée sur elle, le jour de leur malheureuse rencontre. Mais elle l'avait apprivoisé, comme elle avait amadoué sa peur de le voir surgir et finir le travail qu'il n'avait pu accomplir, quatre ans auparavant.

— Hé.

C'était le langage primaire qu'ils avaient développé. Des animaux qui se reniflaient, qui s'étudiaient, même après tout ce temps.

Il lui fourgua dans la main un sachet de poudre blanche. Elle s'abstint de lui demander si elle était aussi pure que la fois d'avant. Il avait des fournisseurs dont elle souhaitait se tenir loin.

— Encore gratis ? s'indigna-t-il.

— Tu connais l'entente, mon canard.

— Fait chier, ta putain d'entente.

— Quoi d'autre ? lui demanda-t-elle en ignorant sa remarque.

— Saint-Romuald.

— Explique.

— Il est allé au motel Olympia.

— Dis-moi quelque chose que je sais pas déjà.

— Il a une fille, aussi.

— Tiens, ça, c'est intéressant…

6

Lac Saint-Charles, motel Ahora

Le métal sur la tempe du Président était froid et, dans un réflexe pavlovien, son périnée abandonna toute aptitude à contenir les spasmes éjaculatoires. Il ouvrit grand les yeux, capta l'essence de ce que son amante cherchait à lui transmettre du fond des siens. Juste quand il allait ouvrir la bouche pour manifester son contentement, elle pressa la gâchette.

Il était mort.

Encore une fois.

Après lui avoir soutiré une troisième éjaculation en deux heures, elle alluma une clope et la télé.

Danielle, dite la Tempête.

Un mètre soixante-quinze de fougue, les plus longues jambes qu'avait caressées le Président et des yeux aux couleurs empruntées à l'éternité.

C'était aussi ce qu'il disait des yeux de Démie, quand il l'avait cueillie en Slovaquie comme un produit à importer.

Mais ce que Danielle savait faire aurait perverti Casper le gentil fantôme.

Avec elle, on oubliait les aiguilles, les boules chinoises ou les pipes thaïlandaises. Danielle était *hard* de chez *hard*. Le hic, c'est qu'elle n'était disponible que lorsqu'*elle* le souhaitait. Ce qui lui conférait encore plus de valeur aux yeux du Président. Il la voyait une fois ou deux par mois. L'entente était limpide ; les rendez-vous, brefs et pratiques. Le Président faisait alterner les lieux de rencontre d'une fois à l'autre. D'abord c'étaient des chambres d'hôtels chics de Montréal, puis il avait butiné dans la couronne nord, se contentant de ce qui était disponible – la discrétion l'emportant rapidement sur le luxe et le prestige. Depuis six mois, le Président baisait Danielle dans des chambres de motels, louées à l'heure par un proche collaborateur. Loin de Québec et des regards inquisiteurs.

– T'es trop *hot*, ma belle, fit-il en se rhabillant.

À la télé, HBO présentait un talk-show où on se relançait sur les façons dont on voudrait se débarrasser de Trump[3] sans laisser de trace.

– Trois fois… renchérit-il. C'est du jamais-vu.

Danielle monta le son.

– Tu m'écoutes, au moins ?

– Tu deviens fleur bleue, Prez. Tu m'ennuies.

– Et pourtant, tu continues à me voir.

Elle fit une moue moqueuse.

– Tu augmentes la valeur de ma collection.

– Pas besoin d'être insultante. Ça te va mal.

– Fleur bleue, je te disais… T'étais différent, au début.

• • •

Six mois auparavant, Danielle avait fait la connaissance du Président dans un bar du Plateau Mont-Royal. Un club de ce

3. Président des États-Unis de 2017 à 2021.

qu'elle nommait la « haute péteuterie » : des vedettes, des femmes pour qui l'acné était un sujet d'article dans les magazines comme la famine au Burkina Faso, des richards venus dilapider leur fortune en rails de coke alignés sans gêne sur le comptoir des toilettes et en escortes hors de prix pour le commun des mortels.

Danielle avait ses entrées. Nombreux étaient ceux qui avaient goûté à ses merveilles et on n'aurait jamais songé à lui interdire ce lieu, quand bien même sa ceinture eût été bardée de grenades.

Le Président, lui, fréquentait ce lieu pour la première fois. À distance, elle l'avait repéré et étudié. Elle avait éprouvé sur-le-champ l'impression qu'il aimait autre chose que les doigts dans les cheveux suivis du missionnaire. Ce genre de chose se sentait, croyait-elle.

Elle s'était approchée :

– Danielle Campagna. C'est votre première fois ici ?

– Oui, avait répondu le Président, séduit par les yeux fougueux de Danielle.

– Dans ce cas, il faut qu'elle soit mémorable.

Il s'était éveillé au milieu de la nuit dans une chambre qui ne lui rappelait rien. Ses sens étaient altérés par quelque chose qu'elle lui avait servi – dans le verre à moitié vide sur la table de nuit, avait-il deviné. Elle était apparue dans un déshabillé pellucide et il s'était souvenu d'être reparti du bar avec elle.

– Qu... qu'est-ce qui est arrivé ? avait-il bredouillé.

– On a couché ensemble.

Le Président avait observé le lit. Une substance collante lui maculait le ventre. Son propre sperme. Or il n'avait aucun souvenir de...

– GHB, avait dit Danielle, devinant ses pensées. Ça t'a désinhibé un peu.

– Pas besoin de cette merde pour me dégeler.

– On va voir.

Danielle l'avait monté et avait agrippé son sexe sans prévenir. Elle était déjà mouillée.

– T'aimes les fentes ? T'aimes ça, les belles grandes fentes ? l'avait-elle nargué.

– Oh oui… j'adore les f…

Alors elle lui en avait offert une. Quatre centimètres qui s'étaient mis à saigner et à imbiber les draps.

Le temps d'apercevoir le couteau dans la main de Danielle, le Président voyait des étoiles, sentait ses pulsations s'accélérer. Normal : elle avait entrepris un va-et-vient qui n'allait s'achever, l'amant s'en doutait, que par l'extase de l'un ou de l'autre. Suivant le rythme de son cœur, le sang le quittait et son corps s'affaiblissait.

Le Président s'était senti à nouveau attiré par l'abîme. Mais s'il cédait, il saignait à mort : la coupure était une perforation tout juste sous les côtes, du côté du cœur. Il n'avait plus l'esprit à la fête.

Mais Danielle continuait à incarner Danielle.

Le Président avait senti comme un serrement au cœur. Sous son torse, une masse gluante produisait des « plocs » à chacun de ses mouvements. C'était lui-même qui se déversait dans un instant s'éternisant, qui le dissociait de lui-même.

Quand Danielle s'était retirée, elle avait approché son sexe de sa bouche et y avait libéré sa propre semence.

Les yeux exorbités, il s'était senti mourir.

Et renaître.

• • •

Depuis cette rencontre, le Président vouait à Danielle un culte qui n'avait d'égal que l'amour qu'il éprouvait pour sa propre fortune. Elle détenait sur lui un ascendant dont il était conscient et qui n'attisait que davantage le désir qu'il ressentait de la revoir. Surtout, Danielle n'avait aucun besoin de recourir à l'extrême comme ce soir d'hiver où il s'était vidé d'une partie de son sang.

Mais le simple fait de savoir qu'elle *pouvait* le refaire suffisait à le gorger d'envie.

Danielle la Tempête suscitait affection et admiration comme le faisait Démie les premiers temps, et elle procurait au Président des sensations cent fois plus intenses que ces putes de second ordre qu'il devait se résoudre à engager, lorsque le manque se faisait si insistant que l'amant ne pouvait attendre la prochaine disponibilité de Danielle.

– Tu vas finir la soirée comme ça ? lui lança-t-il.

Depuis qu'il s'était rhabillé, Danielle n'avait pas lâché du regard cette émission débile à la télé.

– Tu espères quoi, Prez ? Que je te fasse un petit lait chaud pour le dodo et que je te réveille avec des crêpes demain matin ? Je suis pas ta femme.

– Parle pas d'elle…

Ce fut assez pour que Danielle éteigne le téléviseur.

– Pourquoi tu la quittes pas ?

– J'ai besoin d'elle.

– Elle soigne tes blessures après que t'es passé entre mes mains ? railla Danielle.

– Elle est mon image publique. Et encore pendant un certain temps, j'aurai besoin de toute la sympathie qu'elle est capable de solliciter. (Il marque une pause, hésitant.) Je me présente, en octobre.

Danielle alluma une cigarette. Elle en prit une taffe et la tendit vers le Président, qui déclina l'offre.

– T'as entendu ce que je t'ai dit ? insista-t-il.

– Tu te présentes. Je me présente aussi : bonjour, je m'appelle Danielle.

– Laisse tomber.

Il ramassa ses effets personnels.

– Tu penses détrôner le Premier ministre ? cria-t-elle depuis la salle de bains, d'où il l'entendait pisser sans gêne.

– Avec un peu d'aide, ça se pourrait bien.

Il avait murmuré la dernière phrase pour lui-même avant de sortir.

Il se rendit compte que Danielle la Tempête avait appris ses projets politiques avant sa propre épouse.

7

Montchatel

Si elle avait été un personnage de roman noir, Anne aurait incarné une tueuse sanguinaire.

Elle sourit à l'idée. D'aucuns auraient trouvé que c'était contre nature : la quiète Anne, silencieuse et introvertie, quasi muette, probablement morte et zombifiée, disait-on à mots couverts. À l'école, on se moquait de son stoïcisme, on se livrait à des messes basses lorsqu'elle apparaissait, on s'écartait pour ne pas être touché par cette folle autistique que personne n'osait diagnostiquer, disait-on.

Elle, elle les fendait en deux, les transperçait et les embrochait l'un à la suite de l'autre. Ils étaient suspendus comme une ribambelle sanguinolente au-dessus des casiers du pavillon où elle trouvait son seul réconfort. Les livres, dans son casier. Des livres partout, comme des talismans.

Les livres qui composaient des colonnes soutenant sa table de travail, dans le cagibi de sa chambre, qu'elle appelait sa « pièce de résistance ».

Anne alluma sa petite lampe, qui profana l'obscurité de son antichambre. L'ampoule projetait un halo de lumière à peine suffisant pour qu'Anne distingue la silhouette de ses mains.

Ce soir, elle jetait son dévolu sur le roman d'un nouvel auteur. Le chapitre initial racontait comment la protagoniste s'y prenait pour assassiner une femme qu'elle détestait en lui insérant dans le vagin un vilebrequin dont elle tournait la manivelle jusqu'à ce que les organes internes de la victime soient percés puis broyés, provoquant une hémorragie interne létale.

Un tintement sur sa gauche gâcha un peu le moment.

AXEL : ON SE FAIT UN FILM ?

Axel Dagenais. Anne le connaissait depuis un an environ. Ils se croisaient à la place D'Youville, les rares fois où Anne allait y flâner le week-end. Axel y faisait du skate de temps à autre, mais surtout, il portait en lui une fibre artistique qui piquait la curiosité de la jeune fille. Un jour, il avait tenu un stand là-bas, où il vendait certaines de ses toiles. Des œuvres que certains auraient qualifiées d'inquiétantes, dans lesquelles dominaient les déclinaisons de rouges, des bigarrures saccadées qu'Anne interprétait comme des élans de violence qui ressemblaient aux siens.

ANNEFAUX : NON, SORRY. AUTRES PLANS.

Anne n'était pas naïve. Axel avait un faible pour elle. Il lui avait offert une de ses réalisations artistiques, peu de temps après l'avoir connue, un bijou sculpté dans le métal rouillé qu'il avait poli et rendu attrayant. Anne trouvait Axel gentil et attentionné, sans plus. Elle n'avait jamais éprouvé d'attirance physique pour qui que ce soit. Sa mère aurait affirmé que c'était dû à *ce qu'elle était.*

Anne croyait que sa mère avait honte d'elle.

Enfant, elle pensait que sa mère était trop occupée pour jouer avec elle. Son implication citoyenne monopolisait ses journées. Anne passait un peu plus de temps avec son père, jusqu'à ce qu'on juge qu'elle pouvait être assez sage pour qu'on la confie à une baby-sitter.

Anne se disait que sa mère avait peur d'elle.

Du moins, depuis la thérapie.

Elle ne consommait aucune drogue.

N'entretenait pas d'idées suicidaires. Plus maintenant.

N'avait jamais fait l'amour.

Ne s'était jamais dénudée devant qui que ce soit.

N'éprouvait aucun problème de santé.

Elle était seulement une jeune fille unique, différente des bimbos qui défilaient à l'école et s'accrochaient au cou de n'importe quel garçon.

Elle avait passé toute sa thérapie à se taire devant un psy patient mais mauvais pédagogue, qui lui expliquait avec condescendance que les jeunes filles comme elle devaient s'intéresser à des « activités d'enfant ». Qu'elle devait verbaliser ce qui motivait son attrait pour des vidéos comme celle qu'elle avait regardée en boucle pendant que la baby-sitter la croyait en train de dessiner ou de jouer à la poupée, comme les fillettes de son âge.

Anne comprenait, des années plus tard, qu'elle n'était pas comme les autres.

Cela ne lui déplaisait pas.

• • •

Vers 23 heures, elle termina la lecture de son livre, ravie par la fin inattendue, absolument violente. Une violence qu'Anne n'aurait jamais infligée à de vraies personnes. Elle détestait la promiscuité et les contacts physiques. Sa mère affirmait que c'était, à n'en pas douter, en raison de la *manière* dont elle était *arrivée* dans ce monde. Anne n'avait jamais questionné sa mère afin d'en savoir plus là-dessus.

À peine eut-elle le temps de ranger son livre qu'Anne entendit le tintement du téléphone, qui lui annonçait l'arrivée d'un nouveau texto.

TAIGA66 : *GOOD STUFF. ENJOY.* [4]

Anne enregistra le lien qui accompagnait le texto laconique. Elle alluma son ordinateur personnel et copia le lien. L'habituelle alchimie informatique s'opéra, l'écran se colora de teintes nouvelles et apparut le marqueur de progression du transfert vers sa machine.

L'adolescente occupa les trois ou quatre minutes suivantes à fixer attentivement l'écran dans l'obscurité de sa pièce de résistance. Elle se sentait bien.

Et rapidement, elle constata que son fournisseur secret avait raison. C'était du *good stuff.*

Plus précisément, du *good snuff*[5].

4. C'est de la bonne. Fais-toi plaisir.

5. Les *snuff movies* sont des films clandestins dans lesquels les protagonistes sont réellement tués et torturés.

8

Québec, quartier du Vieux-Port

Il rappliquait.

Delorme avait refusé la pitance que lui offrait le Président en dépit de ses mauvais services et revenait à la charge.

La veille en fin de soirée, André Delorme avait téléphoné à un cadre de PYRO, qui avait relayé le message au Président. « Ça va pas en rester là. Faut que je lui parle ! » avait hurlé Delorme dans l'appareil.

Le Président lui avait donné rendez-vous au même pub que la dernière fois. Le syndicaliste avait refusé. Ils se verraient au port. « Comme les *mafiosi* ? » l'avait raillé le Président. « Si tu veux. Avec ce que j'ai à te dire, vaut mieux pas que ça se fasse en public. »

Alors le Président rameuta Tomas Ruiz et trois ou quatre « pigistes » auxquels il avait rarement à faire appel. Des dockers, justement, habitués à l'air frais du port.

Si ça devait barder, ça allait barder. Qui sait ce qu'était capable de fomenter un homme comme Delorme n'ayant plus rien à perdre.

Le syndicaliste attendait sur un banc, facile à repérer sous cette casquette jaune et bleue des Teamsters[6].

– Tu veux que je te voie sauter à l'eau? lança le Président avant d'arriver à sa hauteur.

– Rêve toujours.

Delorme ne se retourna pas. Le Président resta debout derrière lui, mais le syndicaliste n'avait jamais craint ceux qui arrivaient par-derrière. Leurs intentions étaient plus prévisibles que celles des adversaires qui se présentent de front pour laisser croire qu'ils vont discuter.

Le soir était humide et la noirceur incitait au silence. En arrière-plan bruissait le roulis des vagues et des klaxons émanaient du lointain. L'obscurité était dense, picorée par les lumières de la ville. Tout autour s'affairaient des hommes qu'on ne voyait pas, dont les activités nocturnes n'étaient trahies que par le claquement du métal des conteneurs métalliques destinés aux bateaux affrétés pour le transport de marchandises.

– C'est Ruiz, le gars à côté? demanda Delorme.

Le *caporegime* du Président manquait de subtilité, il fallait l'admettre, mais l'homme d'affaires ne le payait pas pour qu'il soit subtil.

– Si tu veux reprendre ta place, Delorme, c'est non. Le montant de compensation que je t'ai laissé aurait pu t'acheter un aller simple pour n'importe où.

– Même à Saint-Romuald?

Une sirène dérangea la tranquillité du soir.

Delorme pivota et croisa une jambe, décontracté.

– T'as jamais rencontré ma femme, je me trompe? Non, c'est vrai... les conjointes ont jamais été invitées aux fêtes de Noël.

– Viens-en au fait, Delorme.

6. Syndicat des conducteurs routiers américains.

Sans finesse, le Président jeta un œil à Ruiz, assis sur un banc, cinq mètres à gauche.

– Ma femme Maria est infirmière à l'Hôpital Laval. Le métier est dur, les heures sont longues, et tu te dis peut-être qu'elle mérite plus que moi d'être syndiquée. T'as sans doute raison, là-dessus. Un des aléas du métier, c'est la permutabilité.

Delorme sentit les mains du Président serrer le dossier de son banc.

– La semaine passée, elle a travaillé avec une jeune infirmière débutante. Cindy, qu'elle s'appelait. Cindy arrivait d'un stage à l'Hôtel-Dieu de Lévis. Elle avait des tas d'anecdotes à raconter, dont une assez dégueulasse à propos d'une prostituée amenée d'urgence à l'Hôtel-Dieu, il y a deux semaines. Une jeune femme maltraitée par un malade qui l'a frappée partout au point de la rendre inconsciente après lui avoir injecté toutes sortes de cochonneries.

Le Président se déplaça jusqu'à faire face à Delorme.

– De quoi on parle, là ?

– Je veux juste savoir si tu la connais. Parce qu'il paraît qu'*elle*, elle t'avait déjà vu à la télé ou dans les journaux.

Le Président la joua relax, lui aussi. Il promena son regard sur la surface du fleuve, s'égara dans ses pensées en fixant le large. *Ce serait si facile*… se dit-il.

– Ce serait pas le premier racontar fait à mes dépens, finit-il par déclarer. Je suis en vue, j'ai de l'argent… Ça vient avec quelques inconvénients, lança-t-il en haussant les épaules.

– Ça doit. Elle, par contre, elle a identifié son agresseur en disant qu'il est « le grand patron de la boisson ». C'est maladroit, mais si on y pense…

– Qu'est-ce que tu veux, Delorme ? feula le Président.

Sa voix se jeta sur le fleuve et se dupliqua en écho, au large.

– Mon job. Mon salaire, plus une augmentation – appelons ça une *prime de silence.*

– C'est du chantage.

– Absolument, mais deux pour le prix d'un. La prime va inciter ma femme aussi à garder le silence.

– Conneries.

– La pute n'a pas porté plainte, patron. Y a rien qui dit qu'elle va le faire. Faut juste… faire confiance, lança Delorme en souriant. Les autres, par contre… parce que Cindy disait que cette fille-là n'était pas la première pute qu'elle voyait aussi mal en point à l'hôpital… Une bosse de la grosseur d'une balle de golf au-dessus de l'œil… on dirait quasiment une signature. La police penserait ça, en tout cas.

Au-dessus des hommes, des goélands se prenaient en chasse et donnaient le signal pour que les rabroue la sirène d'un transporteur prêt à partir. Des pas sur l'asphalte se rapprochèrent, derrière Delorme.

– Faut pas tenter le diable, patron, fit le militant en fixant pour une fois ses prunelles dans celles du Président.

Du coin de l'œil, il sentit du mouvement sur sa gauche. Le banc où était assis Tomas Ruiz était maintenant libre.

Des semelles se traînant sur l'asphalte s'arrêtèrent derrière son banc. Delorme n'eut pas besoin de se retourner. Il les sentit. Ruiz était là, quelques autres l'accompagnaient.

– C'est ce que tu veux ? demanda-t-il au Président.

Un des dockers engagés par le Président laissa retomber sa batte de base-ball sur le dossier du banc, et Delorme n'était pas assez naïf pour croire que le geste était accidentel.

– Tu vas aller dormir et tout oublier, Delorme, fit le Président sans se préoccuper de la présence des hommes qu'il avait rassemblés sur les lieux. Tu repars, tu refais ta vie. Tu salues ta femme si tu veux, de la part de celui qui ne te poursuivra pas pour diffamation.

– Les gros mots… ironisa le syndicaliste. Je t'ai pas diffamé, patron. J'ai parlé à personne.

Delorme sortit une cigarette de sa poche et l'alluma sans se presser.

– C'est la cigarette de la dernière volonté ? dit le Président.

Delorme ne la porta pas à sa bouche, laissa les volutes de fumée s'élever devant lui.

– Nan, moi, je fume pas. Mais il y a probablement quelques fumeurs parmi ceux-là.

Delorme s'était servi de la cigarette pour désigner quelque chose sur sa droite. Le temps de lever les yeux, le Président remarqua du mouvement. Des témoins planqués depuis le début de la conversation se joignaient à la danse.

Des hommes. Ils étaient cinq, puis dix, puis vingt. Même dans l'obscurité, certains visages étaient familiers. Des employés de Pyro, qui se disposèrent en demi-cercle autour du point de rassemblement. D'où ils étaient, ils pouvaient intimider leur patron tout en respectant la confidentialité de la discussion entre lui et Delorme.

Quand le syndicaliste enchaîna, le ton de sa voix s'était atténué.

– Ils croient qu'ils sont ici pour montrer leur appui à un syndicat. Faudrait pas les décevoir.

Le Président signifia aux dockers qu'il avait réquisitionnés de se disperser. Ruiz sortit son téléphone et appela quelqu'un chez Pyro. Demain matin, André Delorme serait de retour à son poste.

Et pendant longtemps, tout coûterait soudainement plus cher.

9

Montchatel

La pute avait parlé.

Lizzie avait pris une hache et l'avait plantée dans le dos du Président.

Le Président n'avait pas décoléré de la nuit. Ses pensées erraient dans tous les sens depuis la veille mais, chaque fois, elles revenaient au même point.

La pute devait disparaître.

Sauf que pour le moment, le Président devait se libérer de la tension qui le rendait agressif depuis que Delorme l'avait fait chanter. Il trouva une cabine téléphonique.

– T'es libre ?

– Peut-être.

– J'ai besoin que tu le sois…

Danielle ricana à l'autre bout du fil :

– Deux fois la même semaine ? Veux-tu que je mette des balles dans le flingue, cette fois ?

– Dis-moi où.

Elle lui indiqua les coordonnées d'un motel de Donnacona et promit d'y être une heure et demie plus tard.

• • •

Donnacona, motel Chez-Soi

Elle tint sa promesse.

Le Président l'enlaça dès qu'elle entra. Il était différent, sentit-elle. Il avait bu avant qu'elle arrive. Il puait l'inquiétude.

– Qu'est-ce que t'as ?

– Envie de toi, beauté.

– « Beauté ? » T'es mal en point, toi.

Danielle le jeta sur le lit et enleva ses vêtements. Ils baisaient ensemble depuis un moment, mais le Président remarqua pour la première fois que ses seins étaient dissymétriques. Elle se pencha pour attraper le sac de cuir qu'elle transportait chaque fois avec elle. S'y entassaient les instruments magiques qui permettaient à son amant de prendre son pied à chacune de leurs rencontres.

– Non, pas aujourd'hui, dit-il.

Il la prit et l'embrassa sur la bouche – une première, ça aussi. L'instant d'après, Danielle était sur le dos, les jambes en l'air et le Président en mission.

Quand il jouit, il prit le visage de Danielle entre ses mains et écarta ses cheveux. Il nota que la moitié supérieure de son oreille droite était inexistante. Une autre particularité physique qu'il apprenait de son amante.

Elle esquissa un mouvement de recul et repoussa le Président avec tant de force qu'il tomba à la renverse en bas du lit.

Quand il refit surface, elle pointait sur lui le canon de son Walther T4E.

– Qu'est-ce que tu veux, au juste ? demanda-t-elle.

• • •

Parler.

Ce qui l'agaça, au début, mais elle comprit ses préoccupations lorsque le Président raconta dans le menu ce qui s'était déroulé la veille au port, avec Delorme et son *remake* de *Gangs of New York*.

– La fille t'a vendu ? s'informa Danielle.

– Non. Enfin, je pense pas. Elle a bavassé avec une infirmière, pas la police.

– C'est la prochaine étape, statua Danielle.

– Tu penses ?

– La première confession, c'est toujours la plus difficile.

Danielle était tellement relaxe que c'en était frustrant. Le Président aurait souhaité avoir aussi peu de soucis qu'elle. *Mais qu'est-ce que tu sais de sa vie ?* résonna une voix en lui. Que savait-il de Danielle, mis à part qu'elle était bandante, qu'elle contrôlait ses sens de mâle en quête d'intensité et qu'elle savait entretenir l'état de manque ? Elle avait ce je-ne-sais-quoi d'animal insoumis qui la rendait absolument irrésistible. Le soir de leur rencontre initiale, Danielle lui avait appris qu'elle était secrétaire dans une clinique de physiothérapie. Le Président s'était fait la réflexion que ses fréquentations professionnelles lui avaient appris toutes sortes de manœuvres inouïes.

– Tu pourrais engager quelqu'un et te débarrasser de Delorme, proposa-t-elle.

Il l'observa, chercha à lire sur son visage l'indice d'une boutade.

– Tu te fous de moi ?

Il étudia ses yeux gris acier. Mais il ne trouva aucune trace de compassion, ni d'humour. À l'intérieur de son crâne bourdonnait l'envie de déclarer que cette femme était démunie d'humanité. Heureusement, ce n'était pas elle qui côtoyait les éclopés qui nécessitaient un physiothérapeute...

– Je connais des gens, tu sais...

– Non, non, NON ! Ça marchera pas. Ça *marcherait* pas ! Delorme a des contacts... il est en vue. Tout le monde saurait qu'il lui est arrivé quelque chose, s'il ne revenait pas travailler. Il avait vingt crétins avec lui !

Le Président détourna le regard, incapable de faire face à Danielle. Les murs lézardés de craquelures dans la peinture défraîchie de la chambre le déprimaient et il se sentit soudain si las qu'il eut envie de pleurer. *C'est ça, ma vie ? Ce sera ça, maintenant ?*

On ne finira donc jamais de payer pour cette nuit-là, aurait déclaré Démie, elle qui rapportait tout à cette soirée lors de laquelle ils avaient perdu le contrôle.

– Débarrasse-toi de la fille, d'abord, suggéra Danielle avec nonchalance. Elle rangea son arme à feu dans son sac.

– Comment tu peux dire ça ? Je fonctionne pas comme ça, moi !

– C'est vrai : toi, tu bats une pauvre fille et tu l'achètes au lieu de la tuer. Sauf que là, t'as acheté un modèle défectueux.

– Merde, Dani !

– Tu commences à m'ennuyer à force de pleurnicher.

Danielle se leva, se rhabilla et referma le sac de cuir dans lequel elle avait rendormi le Walther comme son animal de compagnie. Elle enfila ses chaussures et tourna la poignée de la porte quand une voix posa la question.

– Qui ?

Elle pivota. Elle aussi se demanda si c'était bien le Président qui avait laissé filtrer de sa bouche cette voix étranglée.

10

Montchatel

En entrant dans la maison, le Président était encore tellement perturbé qu'il ne remarqua pas d'emblée Démie étendue sur le divan du salon. La télé était éteinte et sur la table basse en acajou étaient éparpillés des feuillets sur lesquels était posé le téléphone.

– Ça va, toi ? demanda le Président.

Démie secoua la tête sans le regarder. Le Président vit la boîte de mouchoirs à côté d'elle.

– C'est Anne ? reprit-il.

– Non, elle est dans sa chambre, fit une voix dans le salon. Celle d'un homme qui se leva et s'avança vers le Président en tendant la main.

– Marcel Lampron, je suis le médecin de Démie. Il faudrait qu'on parle, monsieur.

En réalité, le médecin fut le seul à parler. Le Président écouta, regardant tour à tour cet homme qui lui apprit froidement la mauvaise nouvelle et Démie, qui resta étendue parce qu'elle ignorait ce qu'elle pouvait bien dire.

– Vous savez ce que c'est ?

– J'en ai entendu parler, répondit le Président.

Sclérose latérale amyotrophique. Pour ce qu'en savait le Président, une maladie dégénérative faisant en sorte que le corps abandonnait l'esprit, votre lucidité se retrouvant prisonnière d'une épave. Lequel de ces mots était le plus terrifiant ?

– Je vois…

– Je ne pense pas, non, répliqua le médecin.

Démie aurait besoin d'assistance, il faudrait l'entourer. La maladie avait déjà évolué, et la quinzaine d'années d'espérance de vie qu'on soumettait comme un prix de consolation aux victimes de la SLA pouvait bien se révéler, dans le cas de Démie, significativement moindre.

Le médecin laissa les époux à leur intimité après leur avoir expliqué à quoi ressemblerait le calendrier des prochains mois. Tests médicaux. Séances de psychothérapie. Pleurs. Découragement. Rendez-vous chez le notaire. Visites impromptues à la maison des infirmières, une cuisinière (n'en déplaise à Démie et son aversion pour la vie de femme riche).

– Je ne tiendrai pas le coup, dit-elle de but en blanc.

– Mais oui. Je vais t'aider, tenta le Président.

Il leva les yeux vers cet immense tableau qu'il avait offert à sa femme, des années auparavant. Le tableau occupait l'essentiel du plus vaste mur de la salle de séjour. Une femme étendue dans un pré, sous un arbre, un trou au flanc. Le Président avait acheté l'œuvre d'un artiste local, qui l'avait intitulée *La Dormeuse*, un clin d'œil à un poème de Rimbaud par lequel l'artiste souhaitait souligner la souffrance féminine : les hommes mouraient parce qu'ils étaient belliqueux et orgueilleux ; les femmes, parce qu'elles tombaient amoureuses de ces esprits pugnaces.

Démie le sortit de sa torpeur.

– Faudrait l'annoncer à Anne, tu ne trouves pas ?

Le Président se leva, aida Démie à se redresser sur le divan. Puis ce fut plus fort que lui. Il prit son épouse dans ses bras, étira délibérément ce contact de son propre corps avec celui de celle qu'il avait choisie dix-huit ans auparavant. Le parfum sucré de Demeïana le ramena loin en arrière, à une époque où il savait se contenter d'elle, où personne ne lui était hostile. Pas même son amoureuse.

– Je t'aime, Démie.

– Merci.

Elle ne trouva rien de plus vrai à répondre.

• • •

Anne resta assise sur le bout de son siège sans bouger. Ses cheveux retombant sur sa figure composaient un voile inquiétant qui masquait toute réaction et la rapprochaient de Sadako Yamamura dans *Ring*[7].

– Ta mère va avoir besoin de beaucoup d'amour et de petits soins, dans les mois à venir, entama le Président.

Pour peu, on l'aurait confondu avec un homme affable et empathique. Or Anne savait que son père et sa mère faisaient chambre à part depuis des années. Elle ne se souvenait pas de la dernière fois qu'elle les avait vus s'embrasser ni même s'effleurer. Le château dans lequel ils étaient tous les trois emprisonnés ne semblait pas encore assez vaste pour éloigner ses parents l'un de l'autre depuis toutes ces années.

– Tu comprends ce qu'on te dit, ma belle ? reprit Démie d'une voix plus faible qu'à l'accoutumée.

7. Film d'horreur japonais.

Tu vas mourir, songea Anne. Une réalité qu'elle n'envisageait pas pour la première fois. Son père lui parla d'amour, de soutien, de solidarité, de petits soins, de silence, de contacts... sauf qu'Anne ne voyait qu'une chose.

Démie, sur le dos dans son cercueil, la peau rongée par la putréfaction.

Anne fut incapable de pleurer le sort de sa mère. C'était au-delà de ses capacités. Surtout, c'eût été inutile.

Une chose était certaine : elle resterait loin de sa mère quand apparaîtraient les premiers signes d'avilissement de son corps. Anne confinait l'horreur à l'intérieur de son crâne. Elle craignait ce qui pouvait survenir, si l'horreur bien réelle venait jusqu'à elle.

– Tu vas essayer, Anne ?

Ce furent les mots de son père, celui dont elle savait avoir hérité la violence. Elle le voyait à ses yeux, dans lesquels elle reconnaissait les siens.

La réponse ne sortit pas de la bouche d'Anne. Elle tourbillonna dans son crâne. *J'ai déjà essayé. Je me suis manquée.*

11

Vanier

Chaque fois que Cam frappait à cette porte lui venait l'odeur légèrement vinaigrée de l'héroïne qu'on fait fondre dans la cuiller.

Et comme à chaque fois, lorsqu'elle entrebâillait la porte, elle eut le réflexe de mettre la main sur l'arme à feu qu'elle portait à la hauteur des reins.

– Hé, fait-il en la voyant.

– Hé.

La main de Cam relâcha le pistolet et referma la porte derrière elle.

– Rien de nouveau ? demande-t-elle.

– Vérifie par toi-même.

Cam fit le tour de l'appartement. La fouille fut longue et fastidieuse, faite sans négliger les recoins hypocrites. Elle trouva ici et là des sachets épars qu'elle cueillit comme des œufs le matin de Pâques, mais rien de proscrit. Tandis qu'elle s'affairait, son hôte la détailla : elle avait un joli derrière pour une vieille, se dit-il. Mais jamais il ne pourrait éprouver quoi que ce soit de positif pour une femme comme elle, qui lui collait au cul depuis quatre ans.

– C'est *clean* ? s'enquit-il.

– Ouais, Axel, on va dire.

Cam lui fit signe qu'elle allait conserver les sachets de poudre pour les jours de pluie. Axel hocha la tête : avait-il vraiment le choix ? Il portait un t-shirt à l'effigie d'un rappeur dont Cam se fichait comme de ses premières règles. Axel Dagenais menait la vie clichée de l'artiste crado : solitaire, drogué, négligé et habillé pour décourager qui que ce soit de lui proposer d'acheter ce qu'il faisait. Cam en avait vu d'autres et savait qu'au fond de ses yeux chassieux se logeait une fureur en latence attendant la moindre occasion de s'enflammer.

Chacune des rondes aléatoires de Cam servait à s'assurer qu'Axel ne s'était pas muni d'armes depuis la visite précédente. Cam avait promis de le garder à l'œil, et c'est ce qu'elle faisait avec une rigueur d'abbesse. Leur « relation » n'était absolument pas basée sur l'admiration mutuelle, alors la dernière chose que souhaitait la visiteuse était que son revendeur la prenne par surprise.

– T'as eu ce que tu voulais ? s'informa-t-il.

– Non. Tu vas me rendre un service.

S'il fallait l'entendre pérorer, Axel allait rendre la chose tolérable : il sortit un joint de sa poche arrière et entreprit de l'allumer.

– Tu vas aller sur la Rive-Sud.

– Dans tes rêves.

– Mes rêves sont ta réalité. Tu le trouves, lui.

Cam lui tendit une photo que le jeune ne daigna même pas regarder. Il tira sur son *spliff* au point de rougir par manque de souffle.

– Tu devrais le bouffer, tant qu'à te donner autant de mal, railla-t-elle.

– C'est qui, ce gars-là ?

– T'occupe pas de ça. Occupe-toi surtout de lui passer le message.

Max Bernard, quarante-deux ans. Un trou du cul qui avait purgé moins de deux ans de prison après avoir fait de son ex-femme un légume à force de la rouer de coups, au cours d'une rixe provoquée par l'alcool. On l'avait relâché moins d'un an auparavant et, aux dernières nouvelles, il butinait à gauche et à droite en attendant la prochaine femme assez naïve pour accepter d'être son *punching ball*. Bernard rêvait depuis des années de pénétrer l'industrie du film porno mais, chaque fois, il essuyait des refus en raison de ses antécédents violents et de son imprévisibilité. Rien pour apaiser l'animal.

Cam sortit une épaisse liasse de billets de ses poches et la remit à Axel avant de lui expliquer le plan :

– Tu vas frapper chez Max et tu lui dis que c'est son jour de chance. Tu lui donnes 500$ – la moitié de la somme – pour garantir qu'il se rende au motel Olympia, chambre 17.

– Qu'est-ce qu'il y a pour lui là-bas ?

– C'est pas toi que ça regarde, riposta Cam. Tu lui dis qu'il sera prévenu une heure avant le moment de se rendre au motel. Et qu'il essaie pas de jouer les finauds. L'autre moitié du montant l'attendra dans la chambre. Ce sera les mille dollars les plus faciles à gagner de sa vie.

– Et s'il sent que c'est une arnaque ?

– Est-ce que j'ai dit que c'en était une ?

Axel était nimbé d'un halo de fumée dont l'odeur leva le cœur de la visiteuse. Elle appréciait la matière lourde que lui refilait son hôte, mais éprouvait un profond mépris pour la marie-jeanne. Une drogue de mauviette, selon elle. Pas étonnant qu'on lui ait collé un nom de mamie.

– Tu lui dis qu'un riche homme d'affaires veut le rencontrer pour produire un film X, renchérit-elle. Que le mécène en question le veut, lui, comme acteur principal parce que, contrairement aux autres, il sait que la réputation de Max Bernard fera vendre.

– Oki doki.

– Y a autre chose. Tu connais une personne particulièrement habile en montage vidéo ?

– *Nope.*

– Trouve quelqu'un.

– Je lui promets quoi, si l'argent est pour l'autre ?

– Apporte deux sachets de poudre, lança Cam. Elle en vaut la peine.

Cam ouvrait la porte pour repartir quand Axel lui posa une dernière question :

– Quand est-ce que ça finira, tout ça, les visites, la reddition de comptes ?

Elle ne se retourna pas. La réponse, elle la gardait pour elle-même.

Très bientôt, si tout se déroule comme prévu.

12

Montchatel

Pour Démie, il était hors de question de souffrir.

— J'ai trouvé quelqu'un, annonça-t-elle au Président.

Grâce à ses relations et à une somme rondelette, elle avait déniché un médecin qui acceptait, sous le couvert de l'anonymat, de lui prodiguer l'aide médicale à mourir, même si la patiente ne se trouvait pas à proprement parler en fin de vie. Pour peu, on se serait cru à l'époque de Henry Morgentaler et de ses cliniques clandestines d'avortement.

Le Président ne put s'empêcher de douter de la démarche.

— Ce n'est pas toi qui vas souffrir, prétexta sa femme.

— Il y a sûrement une autre solution, amour.

Le Président se dit que quant à être fortuné, aussi bien tâter le terrain du côté des avancées encore non officiellement cautionnées.

— Si on se souvient de moi, ce ne sera pas à titre de cobaye, s'objecta Démie. La dignité, c'est tout ce qu'il me reste.

— Qu'est-ce qu'on va devenir, Anne et moi ?

— Je ne suis pas inquiète, tu vas trouver quelqu'un d'autre, lui asséna Démie.

Ça fait quinze ans que tu essaies, songea-t-elle.

• • •

Tomas Ruiz arriva en renfort.

— Lâche-moi, salaud ! hurla Démie à répétition, et chaque fois, la véhémence de ses imprécations lui vrillait le crâne.

Même en pleine possession de ses moyens, elle n'aurait su résister à la poigne infaillible de l'avocat. Ils avaient été nombreux à se laisser berner par sa petite stature trapue à l'air inoffensif.

— Il a besoin de vous, Démie.

— Pas dans cet état.

— Soyez patiente, insista Ruiz.

Son visage s'adoucit. Il entraîna Démie dans une autre pièce, loin des regards du Président.

— Je vous comprends, croyez-moi. Donnez-lui quelque temps.

— Il ne m'aime pas.

Elle aurait voulu contrôler les larmes, mais ses glandes lacrymales faisaient partie de ce corps qui se détraquait et risquait de l'emprisonner, si elle attendait.

— Soyez patiente, réitéra Ruiz. Soyez là pour lui encore un peu. Après…

Connaître son rôle. C'est ce qu'exigeait Ruiz.

Demeïana songea à Kežmarok, la petite ville de l'Est slovaque où elle avait vécu les dix-huit premières années de sa vie. La misère, la toxicomanie, la sexualité froide et sans amour dont elle avait été témoin, quand elle arpentait les quartiers en se demandant ce qu'elle allait faire de sa vie…

Ce jeune entrepreneur nord-américain était apparu comme un sauveur.

Or, il s'était révélé tel qu'il était.

Aussi froid que les toxicos de la rue Cintorínska. Simplement plus friqué.

• • •

Le Président et Ruiz persuadèrent Démie de prendre un somnifère et de se mettre au lit. Entre-temps, on trouverait le meilleur des psychologues, on paierait le triple de ses honoraires, s'il le fallait.

Mais Démie allait vivre.

– Ça se présente mal, laissa échapper Ruiz.

– Elle va comprendre le bon sens. Suffit qu'elle dorme un peu, allégua le Président.

– Je parle de Saint-Romuald…

Les traits du Président se durcirent, comme si c'était encore possible.

– Paraît qu'il y a une vidéo…

– De quoi tu parles ? fit le Président, qui cacha mal son état de panique.

Ruiz relata les dernières nouvelles. Cletus Mullins avait déployé ses ressources. On avait découvert une vidéo de surveillance montrant le Président à son arrivée au motel Olympia.

– Je pensais qu'on avait été clairs là-dessus, Tomas. Tu bousilles les caméras.

– On l'a fait. On a détruit celles du motel, mais il y en avait apparemment une de l'autre côté de la rue.

– C'est un centre commercial désaffecté, merde !

– Je sais, fit Ruiz, mal à l'aise. Mais on dirait bien qu'une des caméras était encore fonctionnelle... Sans doute pour éviter que des jeunes aillent traîner sur les lieux...

Le Président était furieux.

Il le fut encore davantage lorsqu'il aperçut le voyant lumineux du téléphone fixe allumé au rouge – signe que quelqu'un utilisait un des appareils sans fil reliés à la base, ailleurs dans la maison. Anne était sortie depuis quelques heures.

De deux choses l'une. Ou bien les inquiétudes de Démie étaient plus puissantes que son somnifère...

Ou bien elle avait fait semblant de l'avaler.

• • •

Il habitait sur le chemin Saint-Louis.

Clément Drouin. Une résidence cossue – elles le sont toutes, dans ce quartier. Derrière la maison, un terrain vaste descendait jusqu'au fleuve.

Drouin ne reconnut pas ses visiteurs, mais ils avaient une manière originale de forcer les présentations.

– Docteur Drouin, c'est ça ?

Celle qui avait parlé, c'était Carmella DeSalvo. Elle était chargée de la sécurité personnelle du Président. Répondaient d'elle deux autres gardiens, Ugo Solomon et Alain Décarie, qui assuraient avec DeSalvo la surveillance de la résidence du Président et de sa famille, sur la rue Duhamel du quartier Montchatel. L'opération était exagérée, aux yeux de plusieurs mais, à force de se mettre des gens à dos, le Président devenait parano.

Carmella DeSalvo avait le physique de l'emploi. C'était une jument que personne n'avait envie de contrarier : plus grande que la plupart des hommes qui avaient eu les couilles de lui faire des avances, elle avait des épaules de nageuse qui l'avaient aidée à devenir videuse de quelques bars. La force brute qui émanait d'elle éclipsait parfois l'éclat séducteur qu'on trouvait au fond de son œil et ses formes pulpeuses, lorsqu'elle portait autre chose que son uniforme de travail. À côté d'elle, Tomas Ruiz avait dans les mains une tablette qu'il était prêt à dégainer, dès que tous les convives seraient entrés dans le manoir du médecin.

– Vous laissez ma femme tranquille, dit le Président d'entrée de jeu.

– Ce sont ses volontés...

– Ses volontés sont moins persuasives que les miennes.

Ruiz mit la tablette entre les mains de Drouin. L'écran afficha un formulaire de plainte officielle auprès de l'Ordre des médecins. Tous les champs étaient remplis, ne restait qu'à appuyer sur « Envoyer ».

– Vous pensez me faire peur avec ça ?

À vue de nez, Drouin devait avoir dans les soixante-cinq ans. Son manoir était payé depuis longtemps, ainsi que les trois véhicules dans l'entrée, le bateau à la marina de Cap-Rouge et le voyage des trois derniers hivers en Thaïlande.

– Avec ça, non, dit le Président. C'est ce qu'on pourrait appeler une introduction.

D'un doigt, Ruiz fit glisser le formulaire pour le remplacer par mieux.

– Lui, par contre, il est très effrayant, vous ne trouvez pas ?

Un garçon de neuf ans, peut-être dix.

– Pays fascinant, la Thaïlande. Vous travaillez pour Médecins sans frontières ? Ou c'est par... *intérêt personnel* que vous fréquentez les plages de Phuket ?

Drouin se leva d'un trait.

– Partez ! Sortez de ma maison !

Le Président et ses accompagnateurs l'imitèrent.

– On va partir. Mais pas ma femme. Vous refusez sa demande. Vous n'appelez plus chez nous. Vous ne répondez plus à ses appels. Autrement madame DeSalvo va vous faire découvrir la pipe de Val-Bélair. Moins suave que la pipe thaïlandaise, et on s'y soumet une seule fois.

• • •

Sur le répondeur, la voix de Clément Drouin était univoque : *« Demeïana… je regrette, ce sera impossible. Des… circonstances hors de mon contrôle m'obligent à abandonner ma pratique. Je pense qu'il est grand temps que je prenne ma retraite et… enfin, je vous souhaite bon courage. »*

Le Président constata que le médecin avait retenu l'essentiel de la visite impromptue de la veille.

Demeïana aussi, eût-on dit.

Lorsqu'il monta voir comment elle se portait, il trouva le lit défait, mais vide. Les draps étaient froids ; l'étage, silencieux.

Exception faite de ce robinet qui gouttait, dans la salle de bains.

Sur le sol, elle avait abandonné son peignoir à l'instar d'une identité qui n'était plus la sienne. Ainsi qu'une note manuscrite, dont la calligraphie vacillante laissait déjà voir les signes invasifs de la maladie.

Les mots attendraient. Pour l'heure, le Président éprouvait l'envie de hurler. Dans la baignoire, Démie prenait un bain dont l'eau vermeille contrastait avec la blancheur de son teint.

• • •

Tant pis. Il existe d'autres façons de rester moi-même.

Tout ça était écrit depuis si longtemps... À force de frapper à la porte de la mort, j'imagine qu'on l'a convaincue de passer chez nous. Anne... sa conception... sa naissance... les premiers signes de son repli... Si seulement tu m'avais crue.

Ne fais semblant de rien. Trouve quelqu'un d'autre. Parce qu'il faut bien quelqu'un d'autre, n'est-ce pas ? Pour quelle autre raison aurais-tu pu vouloir que je survive ? Il te faut une marionnette pour ton image publique, mon Président.

Je ne te demanderai que deux choses. Trouve une femme assez humaine pour compenser ta sauvagerie — et pour prendre les rênes de ma fondation. J'y tiens.

Et ne lui parle pas de l'âne. Le malheur est venu tout juste après.

Tout ce qui importe maintenant, c'est Anne. Protège-la de tout. Protège-la de toi.

Le Président mit de longues minutes avant d'appeler la police. Il contempla sa femme, son corps, ses blessures.

L'érection naissante dans son pantalon lui révéla que Démie avait raison.

Il était un monstre. Une âme perdue depuis qu'Anne était entrée dans leur vie.

13

Huit ans auparavant

Saint-Nicolas

Anne était impatiente. Le Président le voyait à ses yeux d'obsidienne qui oscillaient en tous sens. Si son corps semblait incapable de s'exciter, de communiquer sa joie, l'émotion, comme l'eau, savait trouver le moindre interstice par où s'infiltrer. Démie s'inquiétait qu'Anne n'ait prononcé son premier mot qu'à l'âge de trois ans, une syllabe s'apparentant à « mâ » pour « maman », selon le Président, à « mo » pour « mort », d'après Démie. Son épouse avait un don pour voir les choses de façon négative.

Les médecins étaient néanmoins formels : il n'y avait pas lieu de s'alarmer, Anne était une fillette normale. Elle avait passé tous les tests pertinents répertoriés au DSM-5, on l'avait soumise au test de Rorschach pour sonder son imaginaire. Certes, Anne présentait une propension à voir des éléments qu'on aurait rattachés à la vie adulte ; mais elle avait une vivacité d'esprit qui ne pouvait que fleurir en un talent artistique, avait déterminé un des médecins affectés à son dossier. Elle était simplement timide. Des idées s'activaient en tous sens dans son esprit, nettement plus que ce que laissait filtrer son comportement. Or, depuis quelque temps, Démie se racontait des histoires, échafaudait toutes sortes de théories plus risibles les unes que les autres, aux yeux du Président. La veille, elle avait proposé à son mari de lire un article dégoté dans Internet sur les enfants-personnages, un phénomène commun en Asie. Des enfants bloquaient à leurs proches l'accès à leurs moindres émotions. Même en colère, ils confinaient le volcan à leur esprit puis s'isolaient dans un lieu solitaire et laissaient libre cours à leur émotivité en se confiant à un être imaginaire.

— Tu crois ce genre de chose ? s'était étonné le Président.

— Tout est possible, de nos jours, avait répondu Démie. Elle n'était pas censée naître... On ne sait pas ce qu'elle a en elle... jusqu'à quel point...

Démie avait laissé sa phrase en suspens, incapable elle-même de savoir ce qu'elle cherchait à préciser.

Le Président avait caressé la joue de Démie, lui avait souri avec condescendance avant de retourner à ses occupations. Un prospecteur avait repéré une plantation d'agave téquilana que le Président pouvait acquérir, s'il déployait ses moyens. Le Président ne pouvait laisser passer une telle occasion. Le plan d'affaires de la distillerie qu'il souhaitait mettre sur pied au Québec était déjà très avancé. Il ne se situait qu'à quelques foulées à peine de sa plus grande ambition.

Sur l'autoroute 20, la BMW semblait avancer au rythme des lourdes basses d'une chanson de Beyoncé qui faisait se balancer d'avant en arrière la tête de Démie.

— On arrive, ma chouette, dit le Président tandis qu'il prenait la sortie vers Saint-Nicolas.

À 7 ans, Anne en avait déjà assez de ce surnom, « ma chouette », mais elle passerait outre aujourd'hui. Car on lui avait promis gros.

Un petit cheval. C'est le mot qu'elle avait prononcé avec le plus de régularité depuis des mois. « Cheval. »

La voiture s'arrêta dans un parking de gravier attenant à une écurie. Une femme vêtue de jean de la tête aux pieds vint accueillir la famille.

– C'est moi qui ai réservé le manège… fit le Président.

– Oui, je vous aurais reconnu, répondit la propriétaire du lieu. Suivez-moi.

Anne tint la main de sa mère jusqu'au manège. Lorsqu'elle entra, elle plissa le nez en réaction à l'odeur, mais aperçut sur-le-champ l'animal qu'on avait réservé pour elle.

– Petit cheval ! cria-t-elle.

– C'est un âne, en fait, précisa la propriétaire à l'attention du Président.

La bête était basse sur pattes, soumise à une démarche gourde. Les poils de sa crinière retombaient sur ses yeux. Pas le destrier qu'avait imaginé Anne.

– Tu veux le monter, ma chérie ? lui offrit Démie.

– Viens, je vais t'aider, proposa la propriétaire.

Anne refusa de collaborer.

– Qu'est-ce qu'il y a ? Tu es déçue ? lui demanda son père.

– Petit cheval, répondit l'enfant.

• • •

De longues minutes plus tard, Anne accepta de monter Canon.

– Je suis désolée, dit Démie à la propriétaire.

— Vous en faites pas. Les enfants sont imprévisibles. Plusieurs fondent en larmes en voyant les chevaux. Ils croient avoir envie de les cajoler et une fois qu'ils les voient de toute leur stature, ils en ont peur. (La propriétaire tapota le bras de Démie.) Votre fille va adorer Canon. Il est très docile.

Les parents occupèrent le manège à eux seuls pour l'avant-midi. Ils furent stupéfaits de voir Anne s'adapter aussi vite aux mouvements, maintenir l'équilibre sur la bête, qui trottait avec nonchalance.

— Tu crois que ça va l'aider ?

La question de Démie contenait son habituelle dose d'angoisse.

— Anne est forte, chérie. Elle a toujours été une battante.

Dans l'auto sur le chemin du retour, Anne y alla d'une requête dont la clarté était cristalline :

— Je veux revenir.

• • •

Et ils revinrent, le samedi suivant.

Anne courut jusqu'au manège et se laissa aider à enfourcher Canon. Fut-ce un sourire qu'aperçut Démie sur le visage d'Anne lorsque la bête se mit à trotter ?

La séance dura une heure de plus que la précédente. La fillette se montra davantage en confiance, elle flatta la bête derrière les oreilles, osa même un câlin à la fin de la balade.

— C'était agréable ? s'enquit la propriétaire — Jenny, s'appelait-elle.

— Oui.

Anne gardait les effusions pour son univers intérieur. Mais elle exultait, oh oui, elle exultait. Toute la semaine, elle s'isola dans sa chambre pour crayonner. Elle trouva à la maison une table inutilisée, qu'elle installa dans un recoin de son dressing pour le convertir en pupitre. Anne esquissa des copies de Canon, elle y consacra des heures. Le samedi au petit matin, elle avait suffisamment compris comment dessiner les oreilles et le museau pour réaliser son plus beau portrait de Canon.

À 7 ans, Anne savait qu'elle voulait passer le plus de temps possible dans son bureau, comme papa le faisait à longueur de journée. Mais elle, elle se servirait de ses crayons pour se créer de la compagnie – des dizaines et des dizaines de clones de Canon, qui peupleraient ses murs dans les semaines qui allaient suivre.

Un samedi de septembre, c'était devenu la routine. La famille traversa le pont pour rendre visite à Canon. Les yeux d'Anne oscillaient dans tous les sens. Démie la trouva presque loquace : Anne demanda à maman ce qu'il y aurait à dîner, au retour. Elle s'informa de la possibilité de manger quelque chose de grillé – « c'est bon, le grillé », assura-t-elle.

Jenny accueillit Anne comme si elle était devenue sa propre fille.

– Tu veux voir Canon ? lui offrit la propriétaire des écuries.

Elle n'entraîna pas Anne dans le manège. Les comparses se dirigèrent vers une des écuries.

Il était là, dans son box. Canon, couché sur la paille.

• • •

Derrière une des écuries, le Président, lui aussi, aurait bien aimé s'étendre sur la paille. La libido de Démie avait été considérablement plombée depuis la naissance d'Anne, mais l'époux ne désespérait pas : sept ans plus tard, il avait toujours envie de sa femme. Et le site était enchanteur : la vastitude du champ, l'éloignement des écuries – l'emplacement leur accordait une solitude dont ils auraient été fous de ne pas profiter, non ?

– Tu viens, Demeïana ?

Elle en fut saisie. C'était la première fois que le Président l'appelait par son prénom slovaque depuis qu'il était revenu avec elle de Bratislava.

Il lui attrapa la main et se mit à gambader comme un gamin dans les hautes herbes. Elle ne put s'empêcher de rigoler. Elle s'arrêta et observa le calme tout autour. L'air était frais, le soleil projetait de dominer le jour. Était-il possible de toucher à nouveau au bonheur ?

Le Président lui intima de s'agenouiller auprès de lui. Elle obtempéra, souriante. Il l'enlaça et se laissa tomber avec elle sur le sol terreux. Ils n'avaient que faire de se salir. Bientôt, leurs âmes seraient ailleurs.

Ils en riaient, les premiers temps : le Président avait toujours eu de la difficulté à dégrafer un soutien-gorge. Ce n'était rien de nouveau.

Mais ce n'était pas aujourd'hui qu'il apprendrait la technique pour réussir au premier essai. Car le cri qui s'échappa du lointain assassina le silence et érafla l'âme de Démie.

– Mon Dieu !

– C'est quoi, ça ? s'exclama le Président.

Une fureur aiguë était condensée dans ce cri qui perdurait, un râlement inextinguible qui pouvait bien être le rire perçant de la mort elle-même.

Leur vue mit du temps à se focaliser lorsqu'ils entrèrent dans l'écurie, aussi ne virent-ils qu'une silhouette floue devant cet amas de fumée qui emplissait l'espace.

Le cri n'était pas celui d'une enfant. C'était une exhortation inhumaine. Un gargouillis, à présent, qui s'estompait petit à petit, qui perdait en intensité même si les parents s'étaient rapprochés de son épicentre.

– Anne ! hurla Démie avant de se lancer vers sa fille.

La fillette faisait dos à ses parents, immobile. Elle observait une scène dont elle souhaitait s'imprégner totalement, semblait-il. Une scène que découvrait progressivement Démie au fur et à mesure que ses yeux s'habituaient à la pénombre de l'écurie et résistaient à la fumée.

Dans son box, Canon, l'âne adoré de la fillette, était un feu ardent. Sa peau brûlée à vif s'était ratatinée et avait noirci. Il était devenu impossible de reconnaître les traits de la pauvre bête, qui se tortillait comme le peut un animal devenu braise. Sous lui et autour de lui, la paille d'habitude si confortable s'était embrasée, elle aussi.

Quand le hurlement regagna de l'énergie, Démie s'aperçut que c'était sa voix qui s'unissait à celle de l'animal impuissant. Bientôt, Canon tomba sur le côté et s'immobilisa. La seule chose qui s'éteignit, ce fut ce cri que Démie, Anne et le Président porteraient dans leur mémoire à jamais.

– Qu'est-ce que… Oh ! non ! non ! fit une voix derrière le Président.

Jenny, alertée comme les autres par le cri strident. Elle attrapa un extincteur accroché au mur et se jeta sur le foyer pour l'asperger.

Le Président attira sa fille à l'extérieur. Démie, elle, avait cédé : sur les genoux, elle était incapable de se redresser.

– Qu'est-ce qui s'est passé, Anne ? demanda le Président à sa fille.

La fillette ne répondit rien. Comment expliquer qu'elle avait cru que Canon l'avait abandonnée ? Comment décrire le sentiment qui l'avait habitée, lorsqu'elle avait aperçu sa monture affalée dans la paille, inerte ? Elle l'avait cru mort. Comment Canon pouvait-il la laisser tomber avant de l'avoir vue une ultime fois ? Et pourquoi les adultes s'étaient-ils donné la peine de laisser Anne être témoin de cette trahison de la part de la bête ?

De loin, elle observa Canon, qui – elle n'en doutait pas – la regardait par-delà la mort – la vraie –, étendu sur son lit de flammes.

Dans l'esprit de la fillette brûlait un autre feu. La petite Anne, 7 ans, n'accepterait jamais qu'on la dépossède de ceux qui la comprenaient.

14

Montchatel

En observant la pluie clapoter sur les marches du porche, le Président se dit que c'était la poussière qui retombait après les événements des derniers jours, une poussière alourdie par la noirceur de ce qui était arrivé à Démie. Les funérailles s'étaient déroulées dans la sobriété, devant encore trop de gens au goût de l'époux. Le retour à la maison se fit dans la mélancolie, ne soulignant qu'à plus gros trait le vide que laissait Démie. Pour une fois, le Président ne sentit pas le besoin d'aller trouver le réconfort ailleurs : il aurait aimé que son foyer redevienne le lieu paisible qu'il avait été par le passé. Il douta de la capacité de débarrasser les lieux de cette empreinte de tristesse qu'y laissait Démie.

Anne, elle, refusait de déménager. Depuis la mort de sa femme, le Président essayait de chasser une idée tenace : il ne pouvait s'empêcher de douter des bienfaits de la réclusion de sa fille dans ce cagibi où elle consommait la littérature noire de façon boulimique. S'il fallait que ressurgisse chez Anne cette souffrance tranquille qui l'avait incitée à attenter une première fois à sa propre vie, au sortir de l'enfance…

Et voilà que tu penses comme Démie, se rabroua-t-il. *C'est ça, l'héritage de ton épouse? Ses angoisses?*

Postés de chaque côté de l'allée de dalles qui menait au porche, Solomon et Décarie, les cerbères affectés par Carmella DeSalvo au maintien de la sécurité du périmètre, adressèrent au Président un sourire compatissant.

– Vous êtes prêt, monsieur? vérifia Solomon.

Le Président se contenta de hocher la tête. Il était temps d'y aller: Tomas Ruiz l'attendait déjà dans la voiture.

Le Président ignorait s'il avait bien fait d'accepter l'offre qu'on lui avait faite.

• • •

Montcalm

Sans concurrence frappait dans le mille. L'émission enregistrée dans la capitale mettait en vedette Maïté Benoît, que le public adorait pour des raisons aussi diverses que les ensembles excentriques qu'elle se plaisait à porter à la télévision. Maïté détenait une formation universitaire en économie et s'était retrouvée à la télé après avoir gravi les échelons à vitesse grand V au moyen d'une chronique hebdomadaire dans un tabloïd qui l'avait propulsée au rang des spécialistes les plus éloquents de son domaine.

La formule de l'émission était simple: un tête-à-tête de trente minutes sans pause publicitaire avec une personnalité québécoise influente, avec l'objectif d'en apprendre sur les «épreuves» ayant servi de fondation à sa gloire subséquente. La plupart des téléspectateurs ne connaissaient des investissements financiers que leur numéro de compte en banque ou le nombre de carottes qu'il suffit d'acheter pour cuisiner une soupe aux légumes sans pertes. Seulement, ils appréciaient les qualités de vulgarisatrice de Maïté. Certains trouvaient simplement qu'elle était délicieuse, ses cheveux roux bouclés surplombant des yeux d'un vert céruléen puisé à même la Méditerranée, comme semblait le trahir cet accent qu'elle affichait comme une tache de naissance devenue sexy. Chaque vendredi soir, Maïté ameutait près de 800 000 téléspectateurs en milieu de soirée. Pour peu, on aurait dit d'elle qu'elle était la nouvelle prêtresse de la télé québécoise. Depuis que son émission était diffusée, Maïté n'avait pas à débourser un centime pour manger dans un resto de la capitale, elle roulait dans un véhicule offert gracieusement par un des douze concessionnaires qui commanditaient la programmation de Y-TV et si on l'attaquait dans les médias, ses fans se bousculaient au portillon pour prendre sa défense, prêts à la sacrer joyau de la culture nationale parce qu'elle paraphrasait des professeurs de l'ENAP[8] et citait les chercheurs des HEC[9] comme Eco et Borges paraphrasaient les grands penseurs grecs. Même les tribuns populistes des radios de Québec étaient en émoi lorsqu'il était question de Maïté qui, bien qu'elle soit plus instruite qu'une forte proportion de leurs auditeurs, obtenait le respect parce qu'elle savait manier les chiffres (et que son visage n'était pas désagréable à regarder, affirmaient-ils).

« Je crois que ce serait une bonne idée d'y aller », avait mentionné Tomas Ruiz cinq jours auparavant, après que la recherchiste de l'émission avait contacté le Président pour lui offrir l'occasion de s'épancher à l'antenne sur son deuil. Ruiz croyait que l'occasion était belle de solliciter la sympathie populaire, au

8. École nationale d'administration publique.

9. École des Hautes Études commerciales, à Montréal.

cas où l'histoire de Saint-Romuald aurait joué les bombes à retardement.

Ugo Solomon conduisit Ruiz et le Président jusqu'au studio tandis que Carmella DeSalvo resterait à la maison en compagnie d'Anne.

La recherchiste accueillit le Président et lui expliqua en quelques mots bien sentis comment les choses allaient se passer : « Maïté va te fouiller jusque dans le cul, s'il le faut, mais le public va chialer sa race. » Langage de milléniale, comprit le Président, qui nota qu'en plus de nombreuses espèces animales, la distinction des niveaux de langue en fonction des situations de communication était aussi en voie d'extinction.

L'homme d'affaires aurait aimé que Démie soit là, en coulisses.

• • •

— On accueille ce soir le Président de la compagnie PYRO, seule productrice certifiée de téquila québécoise. Bonsoir, monsieur le Président.

— Bonsoir, Maïté.

— Qu'est-ce que ça vous fait, de savoir que vous êtes à la tête d'une compagnie unique devenue aussi symbolique du succès québécois dans les produits fins que les gins, les cidres ou les liqueurs d'érable de chez nous ?

— Nous en sommes très fiers, Maïté.

La voix du Président avait vibré d'un trémolo malhabile au début, mais il se ressaisit rapidement. Le décor était froid : deux fauteuils disposés face à face et séparés par un bureau sur lequel on avait placé des piles de documents factices, des stylos et un presse-papier en bronze censés figurer la panoplie de l'homme d'affaires à succès. Le panneau servant d'arrière-plan représentait un graphique à barres un peu racoleur.

Les questions de l'animatrice s'orientèrent d'abord vers les antécédents du Président : ses études, ses valeurs, celles de son entreprise, ses premiers balbutiements dans le monde des affaires. On s'esclaffa après une anecdote relatant comment il a développé jeune la bosse des affaires… et un intérêt certain pour le profit.

– On dit que derrière chaque grand homme se trouve une femme, ajouta Maïté. Ça vous concerne aussi ?

– Oui.

Le Président prit un air solennel qu'il n'eut pas besoin de feindre. Revoir en pensée Démie dans son cercueil, au salon funéraire, le meurtrit véritablement.

– Elle s'appelait Demeïana.

Le Président résuma sa rencontre avec Démie, son insistance pour la persuader de quitter l'Europe. Il parla de son épouse avec emphase. *Lui as-tu déjà dit tout ce que tu déballes ici ?* entendit-il persifler une voix en lui.

– Auriez-vous connu le même succès sans elle ? le questionna Maïté.

Le Président se donna un temps de la réflexion. Il savait que les réponses impulsives passaient rarement bien et qu'au contraire les silences lui conféraient une dose de sagesse.

– Non, je ne crois pas.

Il ignorait jusqu'à quel point l'affirmation était vraie. Démie avait nombre de fois lénifié son image, mais c'était lui qui avait le flair pour les affaires, après tout.

S'ensuivit un dithyrambe sur les valeurs humanistes de Demeïana Zakladna, que le Président vernit d'une couche d'appel à l'ouverture. Maïté Benoît fronça un sourcil lorsque le

Président vanta les mérites des immigrants qui, comme Démie, venaient au pays pour « améliorer leur sort ».

– Corrigez-moi si je me trompe, monsieur le Président, mais n'avez-vous pas engagé un contingent de Sud-Américains dernièrement ?

– Bien sûr.

Le Président essaya de se donner contenance en triturant le mouchoir blanc fourré dans la poche poitrine de son veston, mais il soupçonna que les choses pouvaient se corser à partir d'ici.

– Je me souviens de vous avoir entendu vanter les mérites d'une main-d'œuvre bon marché, dans un domaine comme le vôtre, ajouta Maïté. Vous avez affirmé… (elle consulta ses notes, et d'un coup le Président en voulut à mort à la recherchiste milléniale qui l'avait tutoyé comme s'il était son vieux pote) … que les manutentionnaires et les journaliers d'usine sont interchangeables, qu'advenant des cas d'incompétence, ils peuvent être facilement remplaçables. Vous avez même déclaré dans le journal *Zéro déficit* qu'il ne sert à rien de surpayer et de garantir des conditions de qualité à des employés si bas dans l'échelle salariale, puisqu'ils n'ont aucune expertise qu'il faudrait protéger.

Le rouge sur les joues du Président n'aurait pu être maquillé dans la loge sans qu'on lui fasse un teint orangé comme ces adeptes des salons de bronzage qui ignoraient où tracer la frontière entre *assez* et *trop*.

– Tous nos employés contribuent au succès de Pyro, bafouilla le magnat de l'alcool.

– Vous les payez bien ? insista l'animatrice.

– Je dirais que oui, mentit le Président.

– Donc on peut dire que vous améliorez leurs conditions de vie, n'est-ce pas ?

Le piège était gros, trop pour qu'il mette le pied dedans.

– Évidemment. Ce sont des gens qui travailleraient pour presque rien, dans leur pays d'origine.

La discussion prit ensuite une tournure trop technique aux yeux de Tomas Ruiz, mais Maïté Benoît cherchait continuellement à prouver qu'elle appartenait au même monde que ses invités. Le Président, lui, se satisfit de cette trêve, après de longues minutes qui avaient humidifié ses aisselles.

Globalement, Maïté Benoît l'avait mis à l'aise, avait un visage avenant, ne laissait jamais son regard sortir du sien. Et bientôt, le Président sentit dans son ventre une chaleur qu'il reconnut. Les braises du désir. La bouche de Maïté Benoît s'ouvrait et se refermait, et ce n'étaient plus des mots que le Président imaginait entre ses lèvres.

Mais les dix dernières minutes de l'émission se chargèrent de le faire redescendre sur terre.

• • •

– C'est le moment de voir ce que vous, à la maison, avez à dire à notre invité ! lança Maïté.

Le Président ne connaissait pas ce segment de l'émission – évidemment : il ne savait de *Sans concurrence* que ce qu'en disaient grossièrement les médias. Il en connaissait les audiences, était au fait de la réputation de l'animatrice, de ses prises de position en faveur d'une éducation aux principes économiques de base. Maïté Benoît était l'Artémis de l'économie, elle pouvait faire bander les hommes en leur montrant qu'elle soutiendrait n'importe quelle conversation constituée de chiffres, qu'elle connaissait de mémoire le PIB de chacun des pays du G7.

Mais quiconque était l'invité de Maïté se trouvait aussi à la merci de ses téléspectateurs, lorsque venait le moment de prendre les mails en vrac. Si les premières communications furent complaisantes à l'endroit du Président, provenant de tenants de la droite qui saluaient son courage de tenir tête à la syndicalisation, d'admirateurs qui vénéraient ses pratiques et sa contribution à la société québécoise – rien de moins –, au bout d'un moment, le vent tourna.

Sam Gagnon : « Maintenant que Madame est morte, qui va justifier l'argent donné à la Fondation Zak comme étant autre chose qu'une façon d'éviter de payer des impôts ? »

Christine-Jo : « Belle interview, Maïté, mais pourquoi ne pas avoir demandé à l'invité quel pays il recommande pour l'évasion fiscale ? les Caïmans ? les Bahamas ? »

VickGrom : « À bas le capitalisme ! Pyro a volé le Mexique. De la téquila *made in* Québec ? Arrêtez. Appropriation culturelle… »

En faisant dévier son regard sur la droite, le Président vit ce dont il avait l'air dans un moniteur qui le montrait en plan américain. Il était temps que cette mascarade se termine.

– Des commentaires durs, Monsieur le Président, fit Maïté. Vous voulez réagir là-dessus ?

Ruiz l'avait mal conseillé, ragea intérieurement l'homme d'affaires. Maïté était férue d'économie, certes : mais comment avait-il pu ignorer qu'elle était une économiste de gauche, une traîtresse venue sur son territoire pour défendre des idéaux socialistes ?

– Les questions et commentaires continuent à affluer, Monsieur le Président…

– On peut arrêter, s'il vous plaît ? intervint-il.

– On a quelque chose de… d'intrigant, ici… dit Maïté en esquissant une moue espiègle.

Taïga66 : « Rozon, Salvail, Weinstein… C'est toi le prochain, Prez. »

• • •

C'est en furie qu'il s'éjecta du studio d'enregistrement. Tomas Ruiz peinait à le suivre tant le pas du Président était rapide. Ses foulées étaient longues, ses jambes étaient des ciseaux prêts à découper quiconque oserait se mettre en travers de son chemin.

– On va les poursuivre, énonça Ruiz comme si c'était une panacée.

Le Président interrompit son pas.

– *On* ? On est mariés, tous les deux, Tomas ? C'est avec ton argent qu'on va poursuivre la petite garce ?

Ruiz se garda de répondre.

En route, le Président rumina ce qui l'accablait. Il finit par exploser.

– Qui laisse une petite conne comme elle salir la réputation du monde ? Hein ? Pourquoi elle est encore à l'antenne, elle ? Parce que huit cent mille trous du cul ont rien de mieux à faire que de regarder une espèce de gauchiste détruire la vie des honnêtes travailleurs à la TV ? Ça se passera pas comme ça…

En effet. Les choses allaient changer, et cela avait déjà commencé. Devant la maison du Président étaient stationnées deux voitures de la police municipale. L'homme d'affaires sentit son cœur se soulever dans sa poitrine puis retomber au creux de son estomac. *Ils sont ici pour toi,* crut-il. *L'émission… le mail… Saint-Romuald…*

Il s'extirpa de la voiture et se précipita vers sa propriété.

– Qu'est-ce que…

Devant la résidence du Président s'attroupaient une trentaine d'employés de PYRO qui, armés de pancartes aux slogans tantôt revendicateurs, tantôt accusateurs, exigeaient que soit implanté le syndicat dans la compagnie.

– Delorme… maugréa le Président. DELORME ! OÙ EST DELORME ?

Les policiers dispersèrent les manifestants, prêts à émettre des constats d'infraction aux plus réfractaires. Mais André Delorme ne faisait pas partie du lot.

– On ferait mieux de rentrer, suggéra Ruiz.

Le whisky qu'il servit au Président était de première qualité, rien de moins que de l'or liquide que s'offrait le magnat de l'alcool depuis qu'il en avait les moyens. Mais la dégustation n'eut rien d'agréable tandis que, sur son propre terrain, s'ébranlait la première manche d'un combat qu'il devrait livrer dans les mois à venir.

En plus d'au moins un ou deux autres.

Il avala tout d'une traite avant de demander à Ruiz de le laisser seul. Il repensa à l'entrevue. C'était une grossière erreur. Il revit l'image de lui-même que lui renvoyait le moniteur.

Ce n'était pas un puissant homme d'affaires qu'y avait vu le Président.

C'était un âne impuissant qu'on avait immolé.

• • •

Comme d'habitude, Anne se tenait silencieuse dans sa chambre. Le Président la trouva en train d'éplucher un des romans qu'il lui avait achetés.

– Je peux te déranger, ma chouette ?

Anne frémit à la simple évocation de ce mot. Dans sa mémoire singulière, le mot était irrémédiablement associé à Canon.

– J'ai besoin de toi, Anne, reprit son père.

Il s'assit à côté d'elle, prit le livre des mains de sa fille et le déposa sur son lit.

– J'aurai besoin de toi.

Sans Démie, le Président était un électron libre. Comme un serment, la nécessité de s'en remettre aux paroles de feu son épouse lui apparut dans sa vérité crue. Il lui fallait, en effet, quelqu'un pour polir son image publique. Et qui de mieux placé que sa propre fille, une enfant blessée, si timide qu'elle en était attendrissante, pour dulcifier ses apparitions en public à venir ?

– Tu vas accompagner papa, à partir de maintenant.

Comme un serment, le regard d'Anne s'accrocha au sien sans la nécessité d'une réponse. Et le Président fut certain – oui, certain – de trouver ne serait-ce qu'une infime parcelle de la douceur de Démie au fond du regard de sa fille adorée.

Deuxième partie

Pour rendre vos désirs contents

1

Vanier

Cette fois, la date et l'heure étaient précises.

Cam débarqua avec des muffins de chez Tim Horton's.

– T'as ce qu'il faut ? demanda-t-elle.

C'était la première fois qu'elle éprouvait ce genre d'excitation à l'idée de venir ici.

Axel émergea du couloir, les cheveux hirsutes, torse nu.

– Merde, qu'est-ce que t'es là de bonne heure… fit-il en bâillant.

Si la date et l'heure étaient précises, cela ne signifiait pas pour autant que Cam respectait les horaires des fonctionnaires.

– J'ai pas de temps à perdre, allégua-t-elle, et j'ai surtout mieux à faire que de venir te tenir compagnie quand… (elle grimaça en regardant le jeune homme se gratter la raie des fesses)… quand tu pues encore le mec bourré.

Il prit le temps de se faire du café. Sur le poêle, deux couteaux formaient une croix qui, Cam le comprit à la brûlure brune de leur extrémité, n'avait rien de très saint. Le jeune s'était défoncé au hasch et il avait l'intention de recommencer bientôt. Les types comme lui le faisaient même au réveil, avant le premier pipi, le café et le journal.

– Dis-moi que je suis pas venue pour rien.

– T'es pas venue pour rien.

Au moment où la cafetière se mit à chauffer, la cassette vidéo était déjà dans le lecteur. Et Cam, sur le bout de son siège, sentit une montée d'adrénaline comme seule lui en procurait la poudre qu'elle volait à Axel.

– Le gars a coopéré ? demanda-t-elle.

– Tu verras bien.

Et comment que Max Bernard avait marché. Voilà qu'il déambulait à l'écran, pénétrant dans le motel Olympia, à la recherche de ses 500 $. Cam porta attention aux inscriptions blanches qui apparaissaient dans le coin supérieur gauche.

– C'est bien, dit-elle.

Le monteur vidéo dégoté par Axel avait trafiqué les chiffres. « 12.08.2019 » pouvait-on lire à l'écran. La date à laquelle Isabelle Pouliot avait été agressée. Le plan de Cam était de faire de Max Bernard l'agneau sacrificiel.

– C'est du bon travail, admit Cam, qui remarqua que le cadrage était ajusté pour ne capter que Bernard et le motel, question d'éviter un raccord digne d'un épisode de *Columbo*, du genre haie taillée différemment que lors du *vrai* 12 août 2019, ou asphalte humidifié par la pluie alors qu'il faisait beau soleil ce jour-là.

– Un vrai Spielberg, je te dis, railla Axel. Manque juste E.T. et Drew Barrymore.

– Parle-moi de Max, exigea Cam.

Les yeux encore bouffis, Axel retourna à la cuisine se verser du café. Il n'en offrit pas à Cam. Puis il déballa le cadeau. Max Bernard n'avait pas mordu tout de suite. Il avait demandé à son visiteur de partir avant de le menacer en brandissant le poing. L'autre avait insisté et parlé de l'investisseur, de la production d'un film X mettant en vedette Max, *et caetera*. Et des 1000$, évidemment.

– Il s'est rendu seul au motel ?

– Qu'est-ce que j'en sais, moi, merde ?

Cam soupira.

– Montre-moi encore le résultat.

Axel rappliqua au salon, muni d'un café.

– Tu m'en offres un et je te laisse un muffin, proposa-t-elle.

Dans le clip en noir et blanc, Max Bernard entrait au motel Olympia à 15 h 27 et en ressortait une heure et demie plus tard, à un peu plus de 17 h 02. Cerise sur le gâteau : la manière dont Bernard tenait le sac d'argent dans sa main pouvait faire croire qu'il dissimulait une arme.

Pas de doute : c'était Spielberg qui avait trafiqué le clip.

Cam savait que les émissaires de l'homme d'affaires de Québec qui avait malmené Isabelle Pouliot avaient assassiné le propriétaire du motel vers 17 h.

Du beau travail, se dit-elle en sirotant sa première gorgée de café.

• • •

« Hamelin », fit la voix à l'autre bout du fil. Un type rogue comme Cam en connaissait des tonnes. À bien y penser, elle se dit qu'elle avait connu plus de Hamelin que de princes charmants.

– Tu veux du croustillant ?

Le temps qu'il reconnaisse la voix de Cam, Hamelin l'entendit parler du motel Olympia, du propriétaire assassiné et d'une prostituée agressée.

— Attends, attends… fit-il. De quoi tu parles, là ?

Décidément, il fallait tout lui dire. Alors Cam raconta l'histoire. Hamelin mentionna n'avoir jamais entendu parler de l'agression de la pute. Normal, répondit Cam : on avait acheté son silence. Hamelin écouta, prit des notes, déduisit que la partie de golf de la fin de semaine venait d'être effacée de l'agenda.

— D'où tu tiens ça ? s'enquit-il.

— Une connaissance d'une connaissance avait un commerce juste en face du motel.

— Dans le centre commercial désaffecté ?

— Dis-moi que je me trompe : vous n'avez pas pensé à aller voir de ce côté.

Pourquoi y seraient-ils allés ? se demanda Hamelin. Qui aurait été assez débile pour garder une caméra de surveillance active à cet endroit, alors que le centre commercial était plus désert que Val-Jalbert depuis trois ans ?

— C'est qui, ton gars ? la sonda Hamelin.

— T'as pas besoin de savoir. T'as surtout besoin de la vidéo de surveillance.

— Qu'est-ce que tu vas me demander en retour ? Philippe Hamelin en avait vu d'autres, même si Cam s'était taillé une certaine réputation dans le métier.

— Pour l'instant, considère ça comme un cadeau. Je te rappellerai peut-être, un de ces quatre.

Elle envoya le clip qu'Axel avait pris soin de transférer sur support USB avant qu'elle parte de chez lui, au petit matin.

En moins de trente minutes, Hamelin la rappela.

— C'est juste une vidéo.

— C'est déjà ça.

— Il va en falloir plus pour qu'on questionne le gars.

— Genre le flingue qu'il a utilisé pour tuer le vieux bonhomme au comptoir ?

– Cam... Merde, qu'est-ce que t'as fait, là ? T'es censée être...

– T'as reconnu le gars ?

– Non, avoua Hamelin. Mais qu'est-ce...

– Regarde comme il faut, Phil. Tu le connais.

– T'es sur la touche depuis quatre ans, Cam, intervint le policier. Tu te mêles pas de nos affaires.

– Comme si ça t'arrangeait pas, rétorqua-t-elle. Tu te souviens de Max Bernard ?

– Oui. Je me souviens aussi de ma vasectomie.

– Ta vasectomie a laissé moins de traces que Bernard. Va voir chez lui. Il joue au bowling tous les mardis après-midi, entre 13 heures et 16 heures.

– Cam... Toi, à quoi tu joues ?

– J'essaie juste de m'accrocher, Phil. C'est pas évident, la retraite. Le clip, qu'est-ce que t'en dis ?

Hamelin inspira profondément. Expira longuement.

– Les heures pourraient concorder. Faudra faire authentifier la vidéo...

– *Fuck* l'authentification, Phil. Vous connaissez Bernard. C'est un sale con. Je suis déçue que vous ayez pas encore pensé à fouiner de son côté.

– Ton contact, Cam. Il va me falloir son nom.

Cam délaissa le téléphone, sniffa un rail de poudre et reprit l'appareil.

– Entre nous, on l'appelle Taïga.

2

Saint-Roch

C'était soir de première pour Anne : elle avait quitté la maison seule. Le Président l'avait mise en garde contre toutes sortes de dangers, mais elle le jugeait paranoïaque et surprotecteur. Et ce n'est pas comme si la route était périlleuse : l'autobus 801 lui avait fait parcourir le boulevard René-Lévesque jusqu'à l'avenue de Salaberry, d'où elle était descendue jusqu'au boulevard Langelier pour trouver la rue Notre-Dame-des-Anges.

Et voir enfin l'atelier d'Axel.

– Entre ! fit Axel, enthousiaste. Il avait les mains moites et se donnait contenance en attrapant compulsivement sa cigarette entre ses doigts avant de l'emprisonner entre ses lèvres, puis de refaire encore et encore le même manège.

– C'est joli, laissa échapper Anne avec timidité.

– C'est surtout pratique et pas trop cher.

Axel Dagenais avait eu un coup de chance de rencontrer Anne. Il venait d'un monde si différent du sien… Il n'avait aucune famille, pas de colocataire, il faisait la navette chaque jour entre son appartement et l'atelier qu'il s'était aménagé dans le quartier Saint-Roch et qu'il finançait grâce à des subventions glanées çà et là.

– C'est vraiment impressionnant, lâcha-t-elle.

Le studio que louait Axel était bien aménagé. Au centre de la pièce trônait une table massive dont la surface faisait presque le double de celle d'une table de billard. S'y amoncelaient des pots de colle, de grandes feuilles à dessin, des tubes de peinture, des crayons disposés en éventail. En périphérie de l'îlot de créativité gravitaient deux pupitres plus modestes, des classeurs, des pots de peinture, deux ou trois chevalets « pour les égarements d'après-midi », allégua Axel, et un fauteuil Papasan noir où l'artiste s'allouait du temps pour la lecture, la contemplation ou la réflexion. Contre deux des murs trouvaient appui des structures de bois qui serviraient d'éventuelle bibliothèque ou de cadre à tableau. Axel Dagenais n'était pas que peintre : il était un artiste multidisciplinaire, et son nom commençait à circuler dans la capitale.

– *Vraiment* cool ! dit Anne, que son père eût été étonné de voir aussi expansive.

– T'es sympa.

Elle était taciturne, certes, mais il voyait chez elle un charisme alimenté par un feu intérieur qui transparaissait dans les yeux de la jeune fille. Anne ressemblait à Christina Ricci dans *The Addams Family* : un teint lacté, des yeux noirs qui lui donnaient un air plus *badass* que ce qu'on croyait d'elle. Axel le lui avait déjà dit, à l'une de ces soirées au cours desquelles ils s'étaient croisés à la place D'Youville. Anne avait souri – ses lèvres s'étaient à peine retroussées en un petit arc effarouché, mais c'était bien un sourire.

– Tu travailles sur quoi en ce moment ? demanda l'adolescente.

– Je sais pas trop... J'essaie de trouver l'inspiration, mais c'est difficile.

Dès qu'il eut fumé sa cigarette, Axel en alluma une autre.

– Ça te dérange ?

– Non.

Anne avait cessé depuis nombre d'années de penser à Canon en apercevant ou en respirant de la fumée.

– Qu'est-ce que tu lis ces temps-ci ?

– Un nouvel auteur, répondit la jeune fille. Il s'appelle Byron Keydon.

– Connais pas.

– C'est dommage, Axel.

Anne lui raconta que c'était son père qui lui avait rapporté le roman *Les Blessures savantes*. Un coup de cœur, pour la lectrice férue de romans noirs qu'elle était. « T'adorerais ça. » Même lorsqu'elle s'extasiait, Anne n'élevait jamais la voix.

Elle résuma le roman à Axel, et plus elle en parla, plus ses mains devinrent moites, parce qu'Anne se dit qu'un jour, elle aurait peut-être l'occasion aussi de raconter à son confident les histoires qu'elle portait en elle, qui ne demandaient qu'à être puisées de son imaginaire et transposées sur le papier. Soudain elle pivota vers Axel, mais ne le regarda pas. Ses yeux se fixaient à la hauteur de sa poitrine, par timidité.

– Le meilleur passage, reprit-elle, c'est la mort de Chad Rosse.

– Chad Rosse ?

– Le protagoniste.

Rosse, c'était l'enquêteur handicapé du roman, une espèce de Perry Mason dont le sort était terrible. Le meurtrier, qui avait leurré tout le monde jusqu'à laisser croire qu'il était un homme vulnérable et fragile, parvenait à piéger Rosse chez lui. Le pauvre enquêteur mourait après que le criminel l'avait dénudé totalement et ligoté sur son propre fauteuil roulant, qui devenait une chaise électrique en raison du dispositif ingénieux qu'y reliait l'assassin.

— Je comprends pas comment une fille comme toi peut aimer ce genre d'histoire… T'as l'air tellement…

— Fragile ? proposa Anne.

— Peut-être. Je sais pas. Je te connais pas encore beaucoup.

Axel vint s'asseoir à côté d'elle.

— J'aimerais ça, par contre. T'es une belle fille, Anne.

Ça y était. Figée, Anne perdit le contrôle de ses yeux, qui se mirent à osciller dans tous les sens, seul moyen d'exprimer l'émotion qui la possédait.

Le bras d'Axel s'enroula autour du cou de la jeune fille et se posa sur son épaule.

— Très cool, ton t-shirt.

Anne portait un t-shirt noir dont le devant représentait une fillette munie d'allumettes, seule dans une ruelle, vêtue de haillons. L'arrière scandait **BURN, MOTHERFUCKERS, BURN.**

Mal à l'aise, Anne se leva et se réfugia sur le fauteuil Papasan.

— Désolé, dit Axel. Je voulais pas te faire peur…

— Je suis pas douée pour les contacts avec les autres, admit l'adolescente. Faudra pourtant que je m'habitue… Mon père veut que je l'accompagne…

— L'accompagner où ? En voyage ?

— Non. Dans ses activités corporatives.

— Ben voyons !

Axel se leva à son tour et se dirigea vers un tableau sur lequel il planchait depuis quelques semaines. L'œuvre représentait une femme austère aux yeux perçants, habités par une fureur maligne et hypnotique. Axel observa sa toile avec une expression inquiète. La femme du tableau était hachurée de jets rubescents qui créaient un effet troublant.

— D'après toi, Anne, qu'est-ce qui lui est arrivé, à elle ? sonda-t-il son amie. Est-ce qu'elle a été victime d'innombrables entailles ou est-ce que les lignes rouges qui lui maculent le visage sont des éclaboussures de sang qu'elle a elle-même provoquées ?

Anne fixa la toile à son tour et en ressentit l'effet immédiat. Une lassitude s'empara d'elle.

– Il n'y a que la fiction qui produit des effets sur moi, Axel, avoua-t-elle. Je m'excuse si... je veux dire... je peux pas répondre à tes...

– Demande-lui quelque chose d'important pour toi, l'interrompit le garçon.

– Quoi ?

– Ton père... Ça te tente ou pas d'être sa faire-valoir ?

– Je me suis pas posé la question.

– Il a besoin de toi pour son image, c'est ça ? comprit Axel. C'est un homme puissant, un gros capitaliste pour qui tous les moyens sont bons pour arriver à ses fins.

– Je sais pas exactement ce qu'il fait. Ça m'intéresse pas tellement.

– Demande-lui de te prouver qu'il peut répondre à tes besoins aussi, Anne.

Axel tourna sur lui-même et se positionna devant l'adolescente.

– Tu comprends ce que je te dis ? insista-t-il. Tu vas te trouver devant des tas de gens. Tu vas prendre des bains de foule. Tu vas peut-être même passer à la télé, parfois. T'es prête à ça ?

Les yeux d'Anne recommencèrent à s'animer comme des boules de billard électrique.

Axel s'agenouilla pour être à sa hauteur. Elle était pétrifiée dans le Papasan.

– Demande-lui de te prouver qu'il tient à toi, réitéra l'artiste.

– T'as raison, Axel.

Elle sourit.

Et avant qu'Axel Dagenais puisse tenter à nouveau de l'approcher, cette fois dans l'intention de l'embrasser, Anne se leva d'un trait et se dirigea vers la sortie. Ses mouvements étaient économes, et le garçon se dit qu'elle aurait pu être un fantôme qui se déplaçait sans toucher le plancher.

3

Parc industriel Frontenac

– Trouve-moi ce con-là !

Le Président fulminait tellement que même si l'automne chassait les derniers relents estivaux, sa chemise Tyrwhitt était auréolée de sueur sous les bras.

Assis à la grande table de la salle de réunion, Tomas Ruiz gardait le silence. Il avait l'habitude des sautes d'humeur du patron et savait comment les gérer.

– C'est qui, ce gars-là, hein ? ragea le Président. « Taïga », ça te dit quelque chose, toi, Tomas ?

– Vaudrait mieux vous calmer, monsieur le Président.

Le patron dévisagea Ruiz comme s'il lui proposait d'annexer le Québec au Groenland.

– L'espèce d'enfant de chienne ! Il m'a accusé en direct, à la TV !

– Il ne vous a accusé de rien. Il a simplement dit : « C'est toi le prochain. » Il a juste… fait une prédiction loufoque.

Comme ces garçons qui avaient barbouillé un mur de Deraa, en Syrie, d'un graffiti destiné au président Bachar Al-Assad :

Ton tour arrive, docteur. Question de narguer le hiérarque tyrannique, se rappelait Ruiz.

— Quoi ? renchérit le Président. Il a une putain de boule de cristal ?

— C'est une insulte, tout simplement, dit Ruiz. Un défoulement de gauchiste jaloux, sans doute.

— Il laisse entendre que ce serait mon genre.

— D'agresser ? Certainement. Mais de vous faire prendre…

Le Président n'apprécia pas le sous-entendu. Ruiz et lui avaient dépassé depuis longtemps le stade où ses appétences sexuelles étaient un tabou.

— Il y a beaucoup de femmes qui travaillent chez Pyro ? s'informa l'avocat.

— Pas assez à mon goût…

— Vaudrait mieux ne pas répéter ça en public.

Le Président s'arrêta, se retourna et fit face à Ruiz.

— Delorme… souffla-t-il. Ça pourrait être Delorme. L'espèce de sale… Je le réengage et il me poignarde en public…

— Il a été témoin d'un comportement… inapproprié avec des employées, monsieur ?

— Non. Je ferais jamais rien en public.

Puis le Président fut illuminé par une idée :

— Il faut l'éliminer, Tomas.

— Le syndicaliste ? Voyons, monsieur le Président… Vous l'avez congédié puis réemployé. Le faire… disparaître attirerait beaucoup trop l'attention. Si Delorme part, une vingtaine de ses disciples seront à vos trousses. Souvenez-vous de la rencontre au port…

Ruiz avait raison : André Delorme jouissait d'une immunité agaçante en raison de sa capacité à rallier ses semblables.

— Si j'étais à votre place, monsieur, je laisserais Delorme et Taïga de côté… On a d'autres chats à fouetter.

Les nouvelles de Ruiz n'étaient pas encourageantes.

– C'est à propos de Saint-Romuald…

– Quoi encore ?

– Cletus Mullins. Son arme a disparu.

• • •

Saint-Roch

C'était un recoin sombre, même en plein jour. Au milieu de la nuit, c'était carrément à donner froid dans le dos. La rage du Président s'était muée en peur, il fallait bien l'admettre. La nuit était fraîche et le blouson qu'il avait enfilé ne suffisait pas à le réchauffer. Il remonta sa capuche afin de se fondre dans le décor. Sur sa droite, un conteneur à déchets dégageait des effluves horribles qui se répandaient dans l'espace clos où il attendait. Voilà ce que devenait sa vie : il en était réduit à fréquenter des secteurs malfamés en plein cœur de la nuit pour espérer réparer ce qu'il n'avait pas su garder intact.

Lorsqu'il entendit au loin des pas gratter l'asphalte, il se surprit à souhaiter que l'attente s'achève. Il gelait dans cet intestin de la ville.

L'inconnu qui se profila en aval sifflotait avec ingénuité. Le Président l'entendit marmonner, se parler à lui-même.

À *elle*-même. Les pas qui claquaient sur le sol le faisaient au moyen d'escarpins, et bientôt le Président distingua les mots que répétait l'intruse comme une mélopée. « Prez, Prez, Prez… Prez, Prez, Prez… »

Ses yeux n'arrivaient pas à se focaliser dans la noirceur – le lampadaire le plus près se situait à au moins vingt mètres, dans une rue parallèle –, mais il reconnut le ton narquois de celle qui enfin était venue le rejoindre.

— Je te pensais pas si sauvage, mon chou. Tu veux me prendre contre le conteneur ou le cul dans les plantes mortes, là-bas ?

Bien que l'attaque le ridiculisât, il soupira de soulagement. *Elle est venue.*

— Tu deviens *cheap*, Prez, fit Danielle. J'essaye de pas être trop regardante, mais ça se dégrade, notre affaire... Des hôtels au début, ensuite des motels trois étoiles... Et là, on en est aux ruelles...

— Déconne pas, Danielle. C'est pas pour fourrer que je t'ai fait venir.

— Pas d'erreur, mon chou : tu m'as jamais fait venir.

— Étais-tu sérieuse, l'autre soir ?

— À quel propos ?

Par-delà les immeubles sombres cordés de chaque côté de sa visiteuse et lui, le Président entendit des jeunes rire et hurler des insanités. Quelque part au-dessus de lui, une porte claqua, suivie des vociférations propres aux couples mal assortis. Au loin se fit entendre la sirène d'un véhicule de police. *Comment font les gens pour dormir tranquilles, ici ?* s'interrogea l'homme d'affaires.

Danielle avait enfilé une jupe si courte qu'elle laissait peu de place à l'imagination, des escarpins qui accentuaient la courbe de sa chute de reins et mettaient en valeur le galbe de ses mollets. Mais elle se méfiait du point de rendez-vous. Le Président était à cran et une ruelle non éclairée, à 3 h 30 du matin...

— Réponds, Danielle.

— De quoi tu parles ?

— De la fille de Saint-Romuald... T'étais sérieuse ?

L'amante mit du temps à comprendre, mais elle finit par se remémorer leur dernière discussion.

— Ahhh... *la* fille. La source de tes problèmes.

— Réponds.

– Je gagne quoi, si je réponds correctement ?

– Putain, Danielle !

– Je suis sérieuse, Prez. Qu'est-ce qu'il y a pour moi, si je t'aide à éliminer ta conquête ?

Le Président s'impatienta.

– C'est oui ou c'est non, Danielle. J'ai froid, je hais le quartier et j'ai envie d'aller me coucher.

– Pour dormir ? Tu en serais capable ? T'as l'air tendu, moi je dis.

Danielle s'avança vers lui et plongea les mains dans les poches de son veston de cuir.

– Choisis, Prez. Main gauche ou main droite ?

– C'est pas le moment de jouer, Dani…

– On joue toujours, tous les deux. Tu m'as pas fait déplacer pour rien, au moins ? Je mouille déjà, moi…

– Danielle…

– Gauche ou droite ?

Il soupira.

– Droite.

Danielle sourit à pleines dents.

– Prévisible. Les gros bonnets comme toi ont peur de dire « gauche », comme si ça portait malheur.

Elle sortit de la poche droite un objet qui, dans le noir, semblait contondant.

– Tiens.

À contrecœur, le Président attrapa ce qu'elle lui offrit.

– Qu'est-ce que…

La chose était gluante, pas particulièrement solide, mais pourvue d'assez de tonus pour tenir droite dans sa main. Quand Danielle éclata de rire, il détailla l'objet en le rapprochant de ses yeux. Un godemiché bleu ciel, parcouru de veines.

— Il t'en faut un, on dirait, ajouta Danielle. Je t'aurais bien donné une paire de couilles, mais c'est plus difficile à trouver. T'aurais dû choisir la main gauche…

Elle extirpa de son manteau le Walther T4E qu'elle avait utilisé, la dernière fois qu'ils avaient baisé.

— Ça, ça fera le job.

— Il… il faut pas qu'il y ait de traces, bredouilla le Président.

— T'inquiète, je passe le mot. Tu veux que la fille meure ?

La question fut brutale, et le Président n'avait jamais formulé son souhait aussi crûment dans son esprit. *Morte. Isabelle Pouliot, morte.*

Il hocha la tête.

— Dis-le, lui ordonna Danielle. C'est pas le genre de chose qu'on demande de faire si on n'est pas totalement convaincu.

— Oui. C'est mieux. C'est mieux qu'elle meure.

— Tu penses vraiment qu'elle va parler ?

— Elle a déjà parlé, dit le Président.

Et depuis, le fusil de Cletus Mullins avait disparu. C'était l'arme qui avait tué le propriétaire du motel Olympia. Les choses commençaient à s'envenimer.

— Tue-la, déclara-t-il enfin.

— Pas moi, mon chou. Mais je vais passer le mot. Je te tiens au courant.

Danielle tourna les talons et retourna d'où elle était apparue.

— Tu peux conserver le petit joujou, lança sa voix une fois que son corps fut devenu mirage dans l'obscurité épaisse.

Le Président mit de longues minutes à quitter la ruelle. Étrangement, ce n'était pas à Isabelle Pouliot qu'il pensait. C'était à Anne, et à ce sourire terrifiant de mystère qui avait hanté le Président pendant des mois après l'immolation de Canon.

Un sourire adressé au Mal, comme celui qu'il venait de voir sur le visage de Danielle.

4

Huit ans auparavant

Montchatel

Dans l'obscurité, le Président voyait ses yeux remuer sans arrêt. Il était 0 h 30. Anne était au lit depuis 19 heures. Depuis la mort tragique de Canon, Anne ne dormait plus.

• • •

La nuit qui avait suivi l'immolation, elle était apparue dans la chambre de papa et maman comme un spectre. Démie s'était réveillée en sursaut, alertée par un mauvais pressentiment. Elle avait poussé un cri de surprise en voyant sa fille, puis murmuré quelque chose dans sa langue maternelle. Les premières nuits, on avait fait de la place pour Anne entre les parents.

Il y avait dix jours que ça durait, et le Président n'en pouvait plus.

Anne jouissait d'une résilience extraordinaire. Dix nuits sans fermer l'œil plus d'une heure. Le reste du temps passé à fixer le néant, à faire osciller ses pupilles dans tous les sens. *Qu'est-ce qui se trame dans ton esprit, belle enfant?* se demandait le Président.

– Installe-toi, ma belle.

Anne marmonna des paroles que le Président interpréta comme des rebuffades d'enfant prétextant ne pas avoir sommeil.

– *Ja som diet'a zla.*

– Au dodo, chérie!

Puis elle ferma les yeux. Incroyable, mais vrai.

Le Président retrouva Démie dans le grand lit de leur chambre. Il ressentit, en se glissant sous les draps, un appel qui ne s'était pas manifesté depuis longtemps.

Il enlaça son épouse, se tassa contre elle, caressa sa cuisse, passa ses doigts entre ses jambes. Démie remua.

Puis Anne se mit à gémir. Le reste de la nuit fut une suite de gémissements intercalés de veilles stoïques, lors desquelles Anne prononçait parfois les mêmes paroles sibyllines. *Ja som diet'a zla.*

• • •

Les insomnies d'Anne duraient depuis des jours.

Anne restait immobile, sur le dos, les yeux au plafond. Parfois, elle murmurait des paroles que le Président ne comprenait pas. La même phrase, encore et encore.

– Anne... Il faut dormir, chérie. Les enfants comme toi ont besoin de beaucoup de sommeil... essayait de lui faire comprendre son père.

Démie arriva en renfort.

– Va te coucher, chéri. Je prends le relais pour le reste de la nuit.

C'est ce moment que choisit Anne pour changer de position. Elle se tourna vers sa mère, qui lui sourit en retour. Démie se coucha à côté de sa fille, face à elle. Elle la couvrit de baisers, lui caressa les cheveux, chanta des comptines, fredonna des airs doux.

Le lendemain matin, lorsque Démie s'éveilla, Anne avait retrouvé sa station sur le dos et ses paupières clignaient rapidement. Avait-elle seulement fermé les yeux pendant que Démie dormait ? Une question turlupinait la mère : combien de temps sans dormir une enfant de sept ans pouvait-elle passer sans que cela menace sa santé ? La fillette semblait pourtant insensible au manque de sommeil, ses journées se déroulaient sans anicroche, sans fatigue apparente.

– Ça va, ma puce ?

La mère s'en voulut d'avoir suggéré à son mari d'amener Anne voir ce damné âne. Tout partait de cet animal, croyait-elle. Enfin… peut-être. Et si tout partait d'Anne, plutôt ? Était-ce possible ? Démie ferma les yeux sur cette idée insupportable : comment pouvait-elle douter de l'innocence et de la candeur de sa propre enfant ? Quel genre de mère imputerait à son enfant la responsabilité de ce qui était arrivé à Canon ? Ce jour-là, Anne avait dans ses poches des allumettes, certes – mais c'était aux parents de s'assurer qu'aucun paquet d'allumettes ne traîne dans la maison, non ? Anne avait gratté l'allumette et mis le feu à la crinière de Canon, certes – mais elle avait *forcément* vu quelqu'un faire ce geste, quelque part…

– Anne, ma chérie… Ça va ? Tu as dormi ?

Anne se retourna vers sa mère. Ses yeux s'arrimèrent à ceux de Démie, qui poussa un cri horrifié. Les yeux de la fillette étaient des abysses, la sclère ayant laissé place à une noirceur profonde. Démie eut un mouvement de recul. Mais Anne était sa fille : comment la repousser ?

Quand la mère la regarda à nouveau, Anne affichait un visage apaisé. Ses yeux étaient ceux d'une enfant. Démie se dit qu'elle et son mari étaient en train de se laisser vaincre par la fatigue. *Tu vas nous rendre fous,* s'entendit-elle réfléchir, et elle le regretta aussitôt.

— Je t'aime, petite fleur.

Anne déporta le regard sur un point abstrait, au-dessus de sa mère. Elle sourit enfin, d'un sourire franc, de ceux qu'on adresse à quelqu'un qu'on est heureux de retrouver. Sauf que c'était à quelque chose qui se trouvait par-delà sa mère, quelque part au-dessus d'elle. Une chose invisible au regard de Démie, lorsqu'elle pivota brusquement pour savoir si quelqu'un s'était introduit dans la chambre.

Démie aurait préféré que ce soit le cas.

Car les yeux agrandis par l'émerveillement, Anne n'eut de cesse de sourire à cet être qu'elle était la seule à voir.

• • •

Le Président écouta Démie relater le genre de réveil que lui avait offert sa fille et se retint pour ne pas rire.

— Des gros yeux, tu dis ?

— Pas des gros yeux, se choqua Démie. Des yeux tout noirs, comme des puits sans fond.

Le Président s'approcha et prit son épouse par la taille.

— C'est la fatigue, chérie. Anne est en train de nous avoir à l'usure.

— Tu penses que je deviens folle, c'est ça ?

— C'est pas ce que je dis.

— Tu dis quoi, alors ?

La colère rougissait les joues de Démie.

– Les choses vont se tasser, Démie. Elle va finir par tomber de fatigue, un jour ou l'autre. L'événement… à l'écurie… ça l'a troublée.

Après l'incident de Saint-Nicolas, le Président avait réglé le problème à l'amiable, comme savent le faire les notables aussi friqués que lui : il avait fait une offre pour acheter l'écurie et le domaine que détenait Jenny Barbeau, la propriétaire du centre équestre. La jeune femme avait accepté un montant substantiel et s'était laissé convaincre de ne plus contacter le Président ni sa femme, et de ne rien ébruiter sur la mort tragique de l'âne.

– Si au moins on sentait qu'elle faisait des cauchemars à cause de ça ! Elle a l'air… ailleurs ! C'est comme si son esprit…

Démie flancha et ses joues se couvrirent d'un peu plus de rouge.

Le Président serra sa femme, rapprocha son corps du sien, sentit la chaleur du bas-ventre de Démie contre son sexe. Quand elle leva les yeux vers lui, elle lut dans le regard de son mari qu'il pensait déjà à autre chose qu'à leur fille.

– Qu'est-ce que tu fais ? s'offusqua-t-elle.

– Ça fait longtemps, chérie…

Le Président passa sa main sous le pull de sa femme. Il l'embrassa, mais elle se détacha de lui avec fureur.

– Je sais ce que j'ai vu, je te dis.

Le Président soupira et sa frustration sentait le tabac. Il cédait à la cigarette en période de stress intense.

– Je le crois, que c'est ce que tu as vu, dit-il avec agacement.

Ça ne signifie pas que ce soit la réalité, pensa-t-il.

Ronchonnant en chemin vers la cuisine, Démie marmonna des paroles incompréhensibles.

– Attends… l'interrompit le Président. Qu'est-ce que tu viens de dire, là ?

Elle pivota et le Président observa ses yeux. Si quelqu'un avait le regard noir, c'était Démie, se dit-il.

Démie répéta ses paroles sibyllines.

– Qu'est-ce que ça veut dire ?

– C'est du slovaque, mais tu peux pas le savoir, parce que tu m'as fait renier ce que je suis.

– Traduis pour moi, exigea-t-il.

De mauvaise grâce, Démie s'exécuta :

– Elle est l'enfant du Mal.

Les mots qu'elle avait prononcés étaient, à peu de chose près, les mêmes que ceux qui étaient sortis de la bouche d'Anne, lors de la nuit qu'elle avait passée à gémir puis à dire ces choses incompréhensibles. Dans une langue qu'elle n'était pas censée connaître.

5

Saint-Romuald

Des outardes.

C'est la première chose qui lui vint à l'esprit quand le canon de l'arme à feu lui refroidit la nuque.

• • •

Le client l'avait attirée dans un quartier modeste, rue Lambert. Une voix un peu fluette, une prononciation relâchée. *Probablement un autre ivrogne,* s'était-elle dit d'emblée. Il avait évoqué une maison verte. Il fallait entrer par le côté – la porte avant était condamnée, même trois mois avant la neige. Elle lui avait demandé son nom.

– Max Bernard, avait répondu l'homme.

Son premier client depuis la bastonnade infligée par le parvenu qui l'avait abandonnée à son sort, au motel Olympia. Le même soir, le propriétaire du motel avait été abattu, peu de temps après que deux bons samaritains l'avaient secourue. Elle n'avait rien dit à la police – même au sujet du mort. Si l'assassin était ce fou furieux de riche qui bandait en se faisant déguiser les couilles en réplique de Pinhead, le personnage de *Hellraiser*, il risquait de la retrouver et de lui faire la peau. Déjà qu'elle s'était échappée devant la jeune infirmière qui s'était occupée d'elle… En un sens, elle l'avait échappé belle.

Une cicatrice rayerait l'arcade sourcilière de son œil gauche de façon permanente, mais elle pouvait vivre avec cette imperfection. Ceux qui réclamaient ses services le faisaient pour son cul, sa fente et ses seins, et eux étaient intacts.

Le type qui l'accueillit était mignon et n'avait pas l'air aviné comme au téléphone.

— La chambre est par là, fit-il en désignant la première porte sur la droite.

Isabelle le suivit puis se figea en pénétrant dans la pièce.

Qui était Max Bernard ? Était-ce le jeune homme qui l'avait accueillie ou celui qui maugréait, ligoté, dans un coin de la chambre ?

• • •

Les yeux exorbités, Isabelle fit de son mieux pour rester immobile, tandis que le jeune lui intima de rester calme et promit de lui donner toutes les indications nécessaires.

Mais l'esprit de la prostituée s'emballa. Ce qui lui arrivait était l'œuvre du destin. Elle s'était toujours dit qu'elle méritait mieux, que sa situation était temporaire, qu'il fallait patienter, rester forte, encaisser l'humiliation le temps de pouvoir s'offrir mieux.

Qu'elle n'allait pas finir ses jours comme prostituée.

Ou peut-être que oui, finalement.

Elle porta d'instinct la main à son manteau, sans savoir au juste si elle y trouverait quoi que ce soit.

— Stop ! ordonna celui qui la tenait en joue.

Elle n'était qu'une prostituée, conclut-elle. Son existence n'était significative pour personne. Peut-être l'eût-elle été, si le fœtus qu'elle avait perdu trois ans auparavant n'avait pas choisi de la laisser tomber comme tous ceux qui l'avaient côtoyée.

Pourquoi l'homme qui pointait son arme sur elle aurait-il pensé différemment ?

— Max, je te présente Isa : Isa, voici Max, dit le jeune, qui avait manifestement sniffé autre chose que du talc pour parler aussi vite et tanguer d'une jambe à l'autre. Maintenant, Isa, tu vas te laisser faire. Mais t'en fais pas, ce sera pas sexuel.

Il attrapa un morceau de corde — identique à celle qui avait servi à ligoter Max Bernard comme le *roastbeef* du boucher local.

— Et on n'essaie pas d'être une héroïne, OK ? Autrement, j'aurai l'aide de mon copain, et il est pas réputé pour pardonner.

Le jeune exhiba son arme de poing à la crosse rare, en bois. Un Benelli B76 mais, puisqu'il s'agissait d'une arme volée, le jeune homme n'en avait aucune idée.

Des outardes. Isabelle vit une volée d'outardes, comme celles qui annonçaient le retour du beau temps, comme quand elle était petite fille dans sa campagne natale, à Aylmer.

Il y avait pire comme dernière image avant de mourir.

6

Saint-Jean-Baptiste

— T'es prête ? lui demanda son père.

Anne croyait bien que oui.

— Alors allons-y !

Et ils montèrent sur la scène. Une première, pour Anne, à qui le Président avait conseillé de ne jamais regarder la foule, pour ne pas avoir le tournis. Elle trouva sa force dans le fait d'avoir obtenu ce qu'elle souhaitait. Suivant les conseils d'Axel, elle avait fait la grande demande à son père : s'il comptait vraiment sur elle pour adoucir son image publique, il devrait lui prouver qu'il était disposé à déployer l'arsenal des grandes occasions en se montrant à l'écoute des envies de sa fille unique. Le Président avait promis d'établir qu'il savait faire preuve d'empathie, afin qu'Anne sache qu'il méritait son appui.

Ils se trouvaient donc dans un bâtiment de la rue Saint-Jean que les relations et l'argent du Président avaient rapidement converti en salle d'exposition. *Non, en musée !* avait objecté Anne quand le Président lui avait parlé du projet.

Ainsi était né de l'imagination d'une adolescente de quinze ans le *Drageon*, un musée ayant pour vocation de mettre en vitrine le travail d'artistes émergents.

Axel Dagenais, par exemple.

• • •

Le Président acheva son discours inaugural en remerciant les gens de s'être déplacés en grand nombre et en n'oubliant pas de présenter sa fille, qui reçut un accueil si chaleureux qu'elle ne réussit pas à sourire. Elle sentit que la chaleur des lumières, combinée à son malaise, la ferait fondre, si elle s'éternisait. Voilà une chose que père et fille partageaient, ce soir : le Président était aux prises avec sa propre paranoïa. Sur la foule, il promenait des regards inquiets qu'il masquait mal.

Taïga se dissimulait-il parmi tous ces gens ?

Tomas Ruiz était là, flanqué de DeSalvo, Solomon et Décarie. On avait ameuté des journalistes des principaux médias, tant dans le domaine culturel que dans la branche des affaires. Le maire St-Antoine était sur place aussi, plus par respect pour la mémoire de Demeïana que pour soutenir le Président – d'autant que le bruit courait, depuis un certain temps, que le grand manitou de PYRO comptait s'engager en politique aux prochaines élections, histoire de redorer le blason du Parti libéral. Le monde des affaires pouvait appuyer le baron de la téquila québécoise, savait St-Antoine, qui aurait à négocier avec ce salaud s'il était élu. Le maire n'ignorait pas que certaines allégations récentes entachaient la réputation du Président, mais l'expérience américaine avait montré, trois ans plus tôt, que le pouvoir populiste et la colère parlaient plus fort que la rectitude et la droiture.

– On verse maintenant dans l'art, monsieur le Président ? fit St-Antoine, venu lui serrer la main.

– On verse dans ce qui peut faire plaisir à la jeunesse. À ma fille, surtout. J'espère qu'on aura votre aide pour propulser les jeunes talents de la région.

Et les jeunes qui sont alités au CHUL ? eut envie de lui demander le maire. *Tu vas les laisser tomber après tout ce qu'a fait ta femme ?*

– J'espère que le musée ne remplacera pas la Fondation dans vos priorités, lança le maire.

Ruiz secourut le Président en soulignant qu'on l'attendait pour présenter le jeune artiste qui faisait la une de l'exposition inaugurale du *Drageon*.

• • •

Aux yeux d'Axel Dagenais, le maître de cérémonie mit un peu trop l'accent sur ses antécédents familiaux, ce qui risquait de lui attirer de la pitié.

Calme-toi, se semonça-t-il lui-même. Ses pensées allaient dans tous les sens. Il avait fumé un ou deux bazookas avant de partir de chez lui, des cigarettes constituées à parts égales de mari et de coke.

– Nerveux ?

La voix d'Anne se faufila avec peine à travers le bruit ambiant, une rumeur teintée de rires exagérés et d'exclamations.

Axel lui sourit.

– Un peu. Toi, t'as l'air de gérer.

Anne se rembrunit.

– Tout se passe dans ma tête. Tout le temps.

– Qu'est-ce qui se passait, tout à l'heure, quand t'étais sur la scène ?

– Quelque chose d'abstrait, comme ta toile.

– Ma toile ? s'étonna Axel.

– Oui. Celle de la femme aux yeux de guerrière, à ton atelier. Celle qui nous regarde derrière le brouillard rouge. *Notre-Dame-des-Ténèbres.*

Axel s'illumina.

– Anne… tu viens de me donner le titre. C'est génial !

– C'est le titre d'un roman d'épouvante de Fritz Lieber, dit-elle avec modestie.

La rumeur environnante s'apaisa, assez pour attirer l'attention d'Axel sur ce qui se déroulait sur la scène.

– Regarde ça… dit-il à Anne, l'enjoignant à le suivre près de la scène en la prenant par la main.

Mais Anne n'aimant pas les contacts physiques, sa main fuit celle de son ami comme une anguille. Un éclair rouge sang jaillit dans son crâne : elle imagina la main d'Axel qui se détachait de son bras et qui tombait sur le sol. Dans le roman qu'essayait d'écrire Anne, le sang aurait maculé le plancher et fait hurler les invités, aurait éclaboussé le maire.

Axel se retourna et fronça les sourcils. *Pourquoi ?* put-elle lire sur ses lèvres. Pourquoi Anne évitait-elle tout contact avec lui ?

Il monta sur scène et enleva le micro des mains du maître de cérémonie.

– J'aimerais dire un mot pour expliquer ce qui va suivre, précisa-t-il.

L'artiste parla – trop longuement – de sa démarche créatrice, évoqua ses influences, les pulsions qui l'inspiraient.

– J'ai une surprise pour notre mécène, en vint-il à dire enfin.

Dans la salle, le Président se demanda ce qu'Anne trouvait à ce barbouilleur de toile, un autre suceur de subventions qui vivait aux crochets de l'État. Mais si Anne était fière de son père, elle ferait ce qu'il fallait pour l'humaniser aux yeux de ceux qui lui en voulaient.

L'artiste sortit en coulisses et revint muni d'un coffret.

– Monsieur le Président… dit-il en le cherchant dans la salle. Est-ce qu'on peut demander au Président de me rejoindre sur scène, s'il vous plaît ?

Axel puisa dans le coffret une bague.

– Il va le demander en mariage ! cria quelqu'un dans la foule, ce qui provoqua l'hilarité générale.

L'artiste donna la bague au mécène.

– En guise d'appréciation de ce que vous faites, dit-il, je vous offre une création unique.

• • •

Axel Dagenais serra la pince du Président avant de quitter les lieux.

– Merci, dit-il, laconique.

– Merci à toi, fit le Président. Pour la bague.

– Elle est unique, lui assura-t-il.

– J'en doute pas. C'est…

L'artiste saisit l'objet, que le Président tenait entre ses mains plutôt que de le passer à son doigt. Il inséra entre ses lèvres la cigarette qu'il mourait d'envie d'aller griller à l'extérieur, passa la bague à son propre doigt et visa le Président comme s'il comptait le flinguer. Le Président plissa les yeux.

– J'ai forgé le cercle à partir d'un pontet de vieux revolver, lui apprit Axel.

– Vraiment ?

L'artiste hocha la tête, comme si cela allait de soi.

– Mais c'est la pierre qui lui donne sa valeur.

– C'est toujours la pierre, approuva le Président. Qu'est-ce qu'elle a de particulier ?

– Elle est faite d'acide hyaluronique, fit Axel avant d'allumer sa cigarette en sortant du *Drageon*… et de se dire qu'Anne était la pierre qui attribuait sa réelle valeur à cet homme ingrat.

Sur le chemin de la sortie, Axel croisa Anne, qui lui sourit timidement.

– Merci, dit-elle.

– Merci à toi, plutôt.

Il esquissa un mouvement de la main pour caresser sa joue, mais Anne l'esquiva. Axel soupira et retrouva l'air frais de la rue Saint-Jean.

• • •

Ruiz rejoignit le Président alors que ce dernier s'apprêtait à monter dans sa voiture.

– Acide hyaluronique… ça te dit quelque chose, toi, Tomas ?

– Non, monsieur. Mais je sais reconnaître un joyau quand j'en vois un. Et là, il y en a un que je ne vois plus.

– De quoi tu parles, au juste ?

– Mullins. Il a disparu.

7

Saint-Roch

Le ciel ouvrait à peine son œil doré lorsque Cam ouvrit la porte à la volée et vit Axel se précipiter à l'autre extrémité du studio.

– Quel con… ragea-t-elle.

En quelques enjambées, elle fut à la hauteur de l'artiste et l'attrapa par le collet. Le jeune homme avait encore de la poudre sous le nez.

– Pensais-tu *vraiment* que je te trouverais pas ?

– Cam ! Arrête, merde ! Calme-toi !

De toutes les envies de Cam, se calmer était la dernière. Sa main droite forma un poing et elle asséna trois coups sur le crâne du locataire des lieux, qui se cabra et cria sa douleur.

– Faut te le fourrer de force dans la tête, garçon : tu peux courir, mais j'aurai toujours une longueur d'avance sur toi.

Elle le jeta au sol et le monta pour l'achever.

– T'aimerais ça, hein ? (Au lieu de s'abattre sur son nez, la main de Cam attrapa les testicules du jeune homme et les écrasa comme des fruits qu'elle aurait voulu dénoyauter.) Mais tu bandes, mon cochon ! fit-elle, faussement offusquée tandis que son vis-à-vis hurlait comme un goret.

Elle se remit sur pied, un luxe qui ne fut pas permis à Dagenais, d'où le poing qui menaçait de le frapper s'il tentait la moindre manœuvre.

– La prochaine fois qu'on a rendez-vous, tu t'organises pour être là, *capisce* ?

À contrecœur, il hocha la tête.

– Maintenant, raconte.

Ce que fit le revendeur sans atermoyer. Il comprit qu'il ne servait à rien de se redresser dans l'espoir de trouver plus confortable que le plancher. Il avait fait ce qu'elle exigeait qu'il fasse à Isabelle Pouliot.

– Quoi, au juste ? voulut-elle savoir.

Il raconta par le menu.

– Bien. Et le flingue ?

– Quoi ?

– T'as fait quoi du Benelli ?

Cam ne plaisantait pas avec les détails. Le Benelli B76 de Mullins, un des sbires du Président, était une arme singulière.

– Je l'ai laissé chez la cible.

– Où ça ? s'impatienta Cam.

– Chez la cible. Le pigeon… le bouc émissaire.

– Laisse faire les animaux du zoo et parle comme quelqu'un qui veut se faire comprendre.

– J'ai laissé le flingue chez Max Bernard.

– Bon chien-chien.

Cam lui tendit la main pour l'aider à se relever.

– Et Max ?

Le jeune homme jeta un œil perplexe à sa tortionnaire, abandonnant l'idée de savoir un jour prédire ses envies.

– À la même place que les deux autres.

– Deux ?

– La pute et le gars du flingue.

Cam écarquilla les yeux.

– T'as eu Mullins aussi ?

Elle siffla, mais Dagenais ignorait si c'était d'admiration ou pour le narguer.

– T'as quelque chose à boire ? demanda-t-elle.

– Juste de la bière.

– J'espère qu'elle est froide.

Il décapsula deux bouteilles de Dos Equis et lorsqu'il en tendit une à Cam, celle-ci sembla fascinée par le grand tableau au mur : *Notre-Dame-des-Ténèbres.*

– Tu l'aimes ? s'informa-t-il, naïf.

– Pas autant que toi t'aimes la fille. Comment elle s'appelle, déjà... Anne ?

Il allait boire mais s'interrompit.

– Toujours une longueur d'avance, Axel.

L'artiste la fusilla du regard.

– Laisse-la en dehors de ça.

– Parle-moi d'elle, dit Cam comme si elle n'avait rien entendu.

La longue gorgée était une caresse qui descendit dans son gosier comme un rêve liquide.

– Qu'est-ce que tu veux savoir ?

– Elle t'aime bien ?

– Elle a quinze ans, putain...

– Ça n'empêche rien. Tu veux qu'on cause d'Audrey ?

Une autre longueur d'avance. Audrey Fiset, quatorze ans lors de ses premières relations sexuelles, gracieuseté d'Axel Dagenais lui-même.

– Elle est pas facile, Anne, consentit à dire Dagenais.

– Tant mieux. Ça te donnera un objectif. C'est une excellente béquille, quand on essaie de se sevrer.

– Se sev…

Cam attrapa son téléphone et passa en mode *soirée vidéo* – le *popcorn* et les minauderies sur le sofa en moins. Au cours des deux minutes trente-quatre secondes qui suivirent, Axel vit, sur un écran de cinq pouces, Cam, qui s'était filmée une heure auparavant. Elle saisissait le moindre sachet de *shit* tapi dans le logement du jeune, à Vanier, et le jetait dans les toilettes.

– T'es malade, merde ! explosa-t-il. Y en a pour…

Trop d'argent, en fait, pour qu'Axel soit en mesure de compter en ce moment. À son tour, il attrapa Cam par le blouson et leva le poing.

– Ça, c'est la colère, Axel. D'ici une journée ou deux, ce sera le manque, ensuite le découragement. Mais tu vas réussir, dit Cam en lui tapotant l'épaule.

– T'es une espèce de folle, fit-il, les larmes aux yeux. J'aurais dû te tuer quand j'en avais l'occasion.

Le regard de Cam changea, se couvrit d'assez de haine pour qu'Axel relâche sa prise, tout chose.

– Espèce de petit ingrat d'ingrat… (Elle le repoussa et rajusta son blouson.) J'aurais dû m'écouter et trouver quelqu'un d'autre pour partir avec Anne.

– Partir ?

– *Drag the girl away*[10], professa Cam. *But get clean first*[11]. Ça ferait un bon titre de chanson, tu trouves pas ? (Elle redevint sérieuse.) Il faut qu'Anne soit entre de bonnes mains, Axel. On

10. Emmène la fille.

11. Mais décroche d'abord.

doit l'éloigner de son père. Lui, je le veux, mais elle, elle est innocente.

Cam tourna les talons et s'arrêta devant le tableau juste avant de filer.

– « *Notre-Dame-des-Ténèbres* »... récita-t-elle en lisant le titre. C'est tout moi, ça.

Axel ne pouvait pas la contredire. La femme dont il avait fait le portrait, c'était elle. Et ce regard qui l'avait traversé comme des dagues, une minute plus tôt, c'était précisément celui de cette femme dont le visage était prisonnier d'un brouillard de haine rouge. Il souhaitait à présent qu'elle parte, qu'elle le laisse avec lui-même. Une fois qu'elle aurait franchi la porte, il verrouillerait et détruirait ce tableau qui immortalisait le pouvoir de Cam.

– T'as du talent, gamin. Contente que le Président soit de mon avis. Il a aimé sa bague ?

Dagenais ne répondit rien.

Cam en rajouta :

– Penses-tu qu'à l'heure qu'il est, il sait ce qu'elle représente vraiment ?

Il détestait cet air qu'elle arborait. Une expression impossible à rendre avec des pinceaux.

8

Saint-Gabriel-de-Valcartier

C'était un ciel d'embrouilles, chargé des soucis que l'été n'avait pas balayés.

Le GPS indiquait que la maison se trouvait au bout à gauche, sur John-Neilson, une rue perdue au milieu de nulle part qui composait un S inversé, sur une carte. Tout autour se densifiait la forêt sur une superficie inestimable. Plus de trente kilomètres au sud, le Président avait laissé Anne à la maison, sachant que DeSalvo et Solomon n'étaient jamais très loin pour veiller au grain.

Deux heures plus tôt, Danielle l'avait appelé pour lui demander de passer à cette adresse. C'était une maison de style chalet suisse, et le Président ressentit son caractère apaisant dès qu'il y pénétra. La maison laissait place à la lumière extérieure, les branches des feuillus persillant les fenêtres. Au mur de la pièce principale étaient fixés des panneaux de bois sur lesquels on avait accroché les têtes d'un cerf et d'un orignal. L'ameublement était rustique, comme on pouvait s'y attendre, et un imposant foyer, dont l'âtre était déjà allumé pour soustraire à l'habitation l'humidité automnale, faisait converger les regards vers le centre de la pièce.

Danielle l'accueillit avec un sourire charmeur.

– Prez… fit-elle en accentuant exagérément le *r* à l'anglaise.

Elle l'attendait tout en haut, sur une mezzanine dont la balustrade était composée de barreaux sculptés à la main. Le Président lui renvoya son sourire. Danielle n'était vêtue que d'un peignoir translucide. Pointaient à travers le vêtement les mamelons de ses petits seins que le Président se plaisait à empoigner comme pour les purger de leur timidité.

– C'est mon père qui a construit cet endroit, lui indiqua Danielle du haut de son perchoir.

Le Président dénota dans sa voix quelque chose de différent de ce qu'elle exprimait habituellement.

– Il était militaire, ici à la base, précisa-t-elle en désignant d'un mouvement du chef un point vague qui évoquait la base militaire de Valcartier. Le plan était que je connaisse une carrière florissante et que je lui achète le chalet, après sa retraite. Il allait se servir du montant pour amener ma mère en Floride et s'installer là-bas.

Elle laissa échapper un rire désabusé.

– Tu t'imagines ? J'ai passé ma vie à me moquer des *snowbirds*[12], des chochottes incapables d'affronter les rigueurs de l'hiver, d'assumer les traits caractéristiques de leur terre natale… Et j'ai découvert que mes parents étaient de ceux-là.

– Qu'est-ce qui est arrivé ?

Danielle abandonna son appui sur la balustrade et se dirigea vers l'escalier.

– Mon père a pris sa retraite. Trois mois plus tard, on lui a diagnostiqué un cancer du poumon.

12. Ce terme désigne les « retraités migrateurs », qui partent pour vivre au soleil.

Elle entreprit de descendre l'escalier, et le Président nota que sa démarche était erratique.

– Crois-tu à l'influence du psychologique sur le corps, Prez ? Au pouvoir de la pensée sur ce qui se déroule *réellement* dans le corps ?

Évidemment qu'il y croyait. C'était ce qui avait eu raison de Démie, il en était convaincu. Sa femme avait employé les quinze dernières années à se convaincre qu'elle était malheureuse, à croire en sa responsabilité en ce qui concernait la *condition* d'Anne. Sa vie était devenue passive, faite de tentatives de racheter sa culpabilité vis-à-vis de la condition de sa fille – comme la mise sur pied de sa fondation. Le Président en voulait à Démie d'avoir prié son dieu d'aider Anne, de l'aider elle, à affronter sa propre fille et *ce qui était en elle*. Le comportement de son épouse était tellement contraire au sien, lui qui était un homme d'action, qui réglait les problèmes plutôt que de demander à un tiers de le faire pour lui.

Vraiment ? entendit-il résonner en lui-même. *N'est-ce pas ce que tu as fait ? Ton dieu réparateur, c'est un tueur à gages que Danielle a payé avec ton argent pour qu'il se charge d'éliminer la pute embarrassante. On a les dieux qu'on peut, on dirait.*

N'empêche. Démie avait laissé aller les choses, sa passivité était en partie responsable du sort d'Isabelle Pouliot, se dit le Président. Après la naissance d'Anne, la libido de Démie s'était asséchée comme les champs d'agave mexicains de la famille Cabrera avant que le Président ne mette la main sur la plantation. Au lieu de prendre le problème de front, Démie avait attendu que les choses se règlent d'elles-mêmes. *Comme si un ange allait descendre du ciel et lui mouiller la chatte comme dans le bon vieux temps*, songea le Président.

– Mon père s'est persuadé qu'il n'allait pas arriver à combattre la maladie, enchaîna Dani.

Elle était maintenant à quelques mètres du Président. Le faisceau doré du feu dans l'âtre caressait sa peau et révélait pleinement, à présent, les douceurs de son corps à peine recouvertes par le peignoir diaphane.

– En moins de six mois, c'en était fait de lui, relata-t-elle. Ma mère l'a suivi dans la tombe deux mois après sa mort. Deux inséparables, comme les oiseaux. Des *snowbirds* inséparables.

Dani était solennelle comme le Président ne l'avait jamais vue l'être.

– Donc au lieu d'acheter tout ça et de permettre à mes parents de prendre leur place au soleil – *littéralement* –, j'en ai hérité. Et je sais pas quoi en faire.

Le Président ignorait comment réagir à cette confession.

– Tu sais que t'es le premier homme qui vient ici ? poursuivit Dani.

– T'as bu ?

Ce ne peut être que ça, se dit-il. Elle haussa les épaules.

– Qu'est-ce que ça change ?

– Pourquoi tu m'as attiré chez toi, Dani ?

– Je me sens vulnérable, ce soir, Prez. Je me suis dit que tu pouvais peut-être capitaliser là-dessus…

Sur le sofa du salon, elle attrapa des vêtements qu'elle enfila : pantalon, t-shirt.

– Pas de jouets, pas d'outils spéciaux, pas de flingue… Juste ta colère et ma vulnérabilité, mon chou.

– Je comprends pas, Dani…

– T'es en colère, Prez. Je connais ça, les hommes en colère. Et toi, t'as toutes les raisons de l'être, ces jours-ci… Je vais monter.

Je vais faire comme si je t'avais jamais entendu arriver. Et tu vas me prendre comme si j'étais le dernier rempart qui essayait de te résister.

– Es-tu en train de me demander de faire semblant de te violer ?

• • •

Elle joua le rôle. Et encore une fois, elle lui fit atteindre un acmé de sensations.

– Va-t'en, maintenant, dit Dani, qui n'arrivait pas à tarir le sang qui coulait de sa lèvre.

– C'était…

– Va-t'en, Prez.

En se rhabillant, il la dévisagea, se sentit honteux d'avoir laissé échapper un coup ou deux tandis qu'il la prenait.

– C'est toi qu'il aurait fallu que je rencontre il y a vingt ans, Dani.

Elle sourit.

– Vingt ans d'abus comme ça, je serais momifiée.

Ce ne serait jamais arrivé, songea-t-il. Et c'était là le paradoxe de leur relation. S'il avait connu Dani au lieu de Démie, sa vie sexuelle se serait épanouie sans interruptions et il n'aurait jamais ressenti d'attrait pour des comportements extrêmes qui le ravissaient aujourd'hui. *J'étais encore pur, quand j'ai connu Démie,* se rappela-t-il.

Une phrase réapparut dans son esprit.

Je to diet'a zla.

« Elle est l'enfant du Mal. »

• • •

Montchatel

De retour à la maison, le Président congédia DeSalvo et Solomon pour le reste de la soirée.

Anne n'avait pas quitté sa chambre.

– Ça va, Anne ? lui demanda son père en entrebâillant la porte.

– Oui. Laisse-moi, maintenant.

Anne avait cette particularité de s'exprimer comme si sa conscience du temps n'était pas la même que celle de tout le monde. Elle était étendue sur son lit en train de lire. *Elle pourrait être positionnée comme ça depuis une demi-journée*, pensa son père.

Il se rendit au salon et se versa un verre de cognac. Les dernières saveurs de Dani furent emportées par la rasade d'alcool qu'il avala d'un trait.

Dani…

Comment avait-il pu oublier de lui poser la question ? Il saisit son téléphone.

– Allô ?

La voix était faiblarde, plus avinée encore que lorsqu'il avait quitté Valcartier.

– T'as oublié de me parler de l'opération secrète… fit-il.

Il entendit ricaner Dani à l'autre bout du fil. Savoir d'où elle lui parlait procura au Président un sentiment particulier. Il se repassa des images de la scène à laquelle ils s'étaient livrés, plus tôt dans la soirée.

– Je me disais bien que tu pouvais pas te mettre au lit sans savoir… lança-t-elle. Mission accomplie, comme dirait l'autre.

Le Président ne releva pas.

– Sûre ?

Son interlocutrice soupira.

– Je suis épuisée, Prez… Tu m'as eue à l'usure.

– Je suis sérieux, Danielle !

– Si je te dis que j'ai *vu* le résultat, t'es content ?

– Quoi ? Comment t'as pu…

– La personne qui s'est occupée de la pute… Elle a pris une photo. Vois ça comme une preuve d'achat, railla Danielle.

– Je veux voir.

– Prez…

– J'insiste, Dani…

Résignée, elle soupira à nouveau.

– Demain matin, OK ? Je suis vannée. Et pas mal saoule – pas le choix, pour oublier ce que t'as fait. Je t'envoie ça demain. Va-t'en, maintenant… Va-t'en, Prez…

Le Président raccrocha avant d'avoir droit aux divagations éméchées de Danielle.

Demain matin, se dit-il. Il serait devant son écran à la première heure.

9

Montchatel

On pouvait confondre ses résultats scolaires avec les numéros de joueurs de ligne de la National Football League : 96, 94, 91, 92.

La mort de sa mère n'avait visiblement pas tant affecté Anne. Pourquoi dans ce cas fallait-il qu'elle se tape une séance par semaine avec un psy qui pérorait sur le deuil et ses multiples facettes, sur la latence du vide en elle et le risque qu'il émerge sans prévenir si l'adolescente ne s'ouvrait pas davantage en rencontres individuelles ?

Il s'appelait Léo-Vincent Tudor. *En effet, je dors,* avait envie de dire Anne chaque fois qu'elle s'imposait le supplice de l'écouter pendant une heure : une heure au cours de laquelle elle aurait pu lire ou écrire, faire progresser son imaginaire, l'alimenter suffisamment pour construire ces mondes dans lesquelles elle aimait se perdre. Le roman qu'elle avait commencé à écrire prenait lentement forme – une histoire de machination qui impliquait tant de gens qu'il était risqué de s'emmêler dans tous ces fils qui en tissaient la toile. Anne s'était établi une routine implacable : collation au retour de l'école, deux heures de lecture, souper en tête-à-tête avec son père, au cours duquel ils ignoraient de quoi discuter – en témoignait la quantité de textos qu'envoyait le Président pendant le repas – puis claustration dans son cagibi pour le reste de la soirée.

Le meilleur moment de toute la journée, passé à écrire, à structurer son récit, à définir les personnages. À les rendre plus vrais que le réel. Car, dans l'esprit d'Anne, ses personnages existaient, ils l'habitaient, comme ceux de tous ces romans qui alourdissaient les tablettes de sa bibliothèque. Anne sentait plus de compassion pour Louis Creed dans *Pet Sematary* que pour ses troisièmes voisins, dont le fils avait été frappé par un véhicule, comme Gage Creed dans le roman de King. Anne avait pleuré à la mort de la mère de Simone dans *Gail's Army*. Mais pas à la mort de sa propre mère.

Une épine dans le flanc, pour le psy, qui s'échinait à tenter de résoudre l'énigme. *L'adolescente au cœur de papier.* Tiens, c'était un titre prometteur, ça, songea-t-elle.

C'est pourquoi, pendant qu'elle subissait l'heure passée à voir Léo-Vincent Tudor chercher la porte secrète, dans son esprit, derrière laquelle se cachaient les succubes engendrés par la mort de sa mère, Anne se réfugiait en elle-même, imaginait les vies de ses enfants fictifs.

Ou s'amusait à décomposer l'identité du psy.

Léo-Vincent Tudor.

Les hauts vingt sangs.

Tue, dors.

Ou celle-ci, à partir de la première syllabe de chacun de ses noms : *Le Vin Tue.*

« *Tu penses à la mort, Anne ?* » imaginait-elle le psy lui demander.

« *Chaque fois que tu ouvres la bouche, oui.* »

• • •

De retour à la maison, elle s'engouffra dans sa chambre et attrapa son exemplaire de *Merkull et sa bande,* le roman *gore* d'Abram Wirinski – une autre trouvaille de son père. Elle avait tenté, la veille, d'initier la conversation pendant le repas en remerciant son père à nouveau pour les livres. Il avait mis fin à la discussion sur l'œuvre de Wirinski quand Anne avait évoqué la mort atroce d'une des protagonistes.

Au terme de dix chapitres passés en compagnie des personnages de l'auteur tchèque, Anne avait perdu la notion du temps. Elle s'était laissé absorber par l'histoire, au point de confondre les événements racontés dans le roman et ses propres idées : avait-elle *réellement* l'intention de faire en sorte que son protagoniste révèle sa véritable identité trouble, à la fin du roman ? Ou s'était-elle persuadée que ce serait une bonne idée après avoir été témoin du phénomène, à mi-chemin dans le roman de Wirinski ?

Sur sa table de travail, son téléphone vibra.

TAIGA66 : ENVIE DE NOUVEAUX TRUCS ?

Anne éprouvait des complexes. La frustration du manque d'expérience en écriture, couplée à l'intensité de ses propres exigences perfectionnistes, faisaient en sorte qu'elle n'arrivait pas à débloquer son écriture pour faire progresser son propre roman.

L'adolescente comprenait la nécessité du concours de tous les sens lorsqu'on écrit. Et force était d'admettre qu'elle n'avait jamais été très douée pour capter la réalité autour d'elle. Contrairement à nombre de jeunes femmes de son âge, Anne n'était pas observatrice : décrire un décor, des gestes, était ardu pour elle. Elle ne voyait que des corps. Et ce qu'il y a sous leur peau.

D'où la collection de *snuff movies* que lui refilait son contact, de temps à autre. Anne l'avait connu par l'intermédiaire d'Axel. Une fois seulement, l'artiste était parvenu à convaincre Anne de tirer une taffe ou deux sur le joint qu'il avait allumé.

Rue Saint-Jean, fin de soirée, pleine lune lupine… Anne avait osé se confier à Axel : elle aimait les scènes *hard*. Il connaissait quelqu'un qui connaissait quelqu'un puis, de fil en aiguille, était apparu de nulle part celui (ou celle) qui se faisait appeler Taïga, fournisseur invétéré dont la collection semblait ne jamais se tarir. Taïga avait refusé qu'Anne le rétribue – *cadeau de la maison*, déclarait-il chaque fois. Ainsi, l'adolescente observait comment réagissent les gens lorsqu'on les agresse, lorsqu'on les terrorise – lorsqu'on leur présente le diable dans toute sa fureur. Elle enregistrait tout, les moindres mouvements, la texture des cris, l'orchestration de la peur, la reptation des ombres dans chaque pièce.

ANNEFAUX : BIEN SÛR.

Comme elle patientait, un autre texto s'imposa sur son téléphone :

AXEL : JE PEUX TE VOIR ? BESOIN DE SORTIR D'ICI, CE SOIR…

Axel s'entêtait à vouloir voir Anne. Son béguin pour elle n'était pas un secret : aussi Anne ignorait-elle comment réagir. Elle appréciait la compagnie de l'artiste accompli qu'il était, elle admirait son talent, sa capacité à synthétiser l'âme humaine sur une toile ou dans un objet, comme la bague offerte à son père. Mais pour ce qui était d'interagir avec lui, de répondre à ses attentes… *Si seulement tu étais dans mes livres, Axel…* se disait-elle. *Tu serais prévisible, je relirais tes gestes, j'aurais accès à tes pensées… Je pourrais être à la hauteur de ce qu'il convient de faire lorsqu'on est ensemble.*

Surtout, Anne n'avait aucune envie de contacts physiques. Elle abhorrait ce genre de chose. Au salon funéraire, des gens que connaissait le Président avaient tenté d'embrasser l'adolescente ou simplement de lui serrer la main. Elle les avait tous imaginés dans le cercueil à la place de sa mère. Ou mieux : dans l'incinérateur en train de cramer comme des…

Comme Canon.

Parfois, les images de l'animal lui revenaient.

Taiga66 : Tiens. De quoi hanter tes nuits.

Anne ouvrit le lien envoyé par son fournisseur et s'installa confortablement. Un intérieur à l'éclairage blafard, un lit, un homme de dos, une femme rousse, pulpeuse, qui passait devant la caméra. Qui se fit frapper d'un coup de poing sans ménagement.

La femme tomba, l'homme se déplaça. Changea d'angle.

Anne observa son visage. Horrifiée.

Axel : Tu réponds ???

L'homme dans la vidéo se mit à califourchon sur sa victime et la frappa à plusieurs reprises. La scène était explicite. Rien n'était plus original que ce qu'Anne était habituée à lire ou à voir dans ce que lui envoyait Taïga depuis quelques mois.

Mais cette fois, elle se sentit toute chose à la vue de ce qui se déroulait sous ses yeux. L'écran était petit, l'enregistrement était bancal, mais l'image était néanmoins assez nette pour que l'adolescente voie ce qu'il y avait à voir.

Son père était le protagoniste du *snuff movie* que lui avait envoyé Taïga.

10

Montchatel

– Bordel !

Le Président rongeait son frein en faisant les cent pas dans le bureau. Assis à la table de réunion privée qui occupait le milieu de la pièce, Tomas Ruiz observait sans broncher la vidéo montrant son patron en train de malmener Isabelle Pouliot. Il avait été convenu qu'Anne devait sortir de la maison, puis laisser le Président et son bataillon de conseillers imaginer comment régler ce qui s'annonçait comme un réel problème. Le Président avait confié sa fille aux bons soins de sa sœur Simone, dont la mission était de dorloter l'adolescente pendant quelques jours, le temps que le scandale retombe.

– Merde, Tomas ! Tu m'avais dit qu'il y avait aucune putain de trace ! Comment t'as fait pour pas voir ça, bordel ?

Ruiz ignora les reproches du Président et remit la vidéo au début pour la troisième fois.

– On vous voit surtout de profil, monsieur.

– Voyons donc ! explosa le Président. N'importe qui me reconnaîtrait là-dessus ! Le Québec au complet connaît ma tête, connard !

Le Président passa devant son acolyte et rabattit violemment l'écran de l'ordinateur portable.

– Veux-tu arrêter de regarder ça ! T'as pas compris, la première fois ? La fille se fait battre, je peux te l'expliquer, si c'est pas clair.

Ruiz s'adossa au fauteuil. Sans s'en rendre compte, il s'était assis sur le siège qu'occupait d'habitude le Président lors des réunions en petits effectifs. Que de contrats le Président avait conçus, ici, avec Ruiz... Combien de stratégies avaient-ils fomentées, tous les deux, pour s'approprier le marché, pour écarter la concurrence, pour s'assurer que les Mexicains respectent leurs ententes ? Ce soir, c'était Ruiz qui occupait le siège du décideur, le Président étant trop émotif pour réfléchir.

Le Président s'était immédiatement douté que quelque chose d'anormal planait lorsqu'Anne avait quitté sa chambre en milieu de soirée pour se faufiler discrètement jusque dans le bureau de son père. *« Papa... je voudrais... il faut que tu voies quelque chose. »*

Il avait vu. Avait senti la honte couler dans ses veines comme un poison puis bouillir jusqu'à devenir colère, une colère sans nom qui lui avait fait perdre ses moyens, frapper les murs, la table de conférence – une colère qui avait incité Anne à fuir, à le laisser seul avec lui-même. L'adolescente était repartie dans son antre aussi discrètement qu'elle était arrivée. Le Président s'était empressé d'appeler Ruiz à la rescousse. Encore une fois.

– Qu'est-ce que je fais, Tomas ?

Il s'était un peu calmé, mais son teint rubescent trahissait son état. C'était un homme brisé : Ruiz savait que le Président atteignait un point de non-retour. Il s'était adonné à une multitude de bassesses au cours des années, des comportements abjects que Ruiz avait maquillés du mieux qu'il l'avait pu, et sans doute, se dit l'avocat, savaient-ils tous les deux que ce n'était qu'une question de temps avant que le Président ne dépasse assez les bornes pour commettre l'irrémédiable.

Ce soir, ils y étaient. Il existait un enregistrement de la bastonnade qu'avait infligée le Président à Isabelle Pouliot au motel Olympia. Anne l'avait vu.

Taïga aussi, qui qu'il fût.

– Il faut trouver ce connard-là, résolut l'homme d'affaires.

– Si seulement Mullins était encore disponible… fit Ruiz.

– Pas de nouvelles de lui ?

– Aucune.

Le Président se redressa. Son visage venait de changer.

– Ça pourrait être lui, tu penses ?

– Que Mullins soit Taïga ? (Ruiz dévisageait son patron d'un air dubitatif.) J'en serais le plus surpris. Il nous a toujours été d'un dévouement sans réserve.

– D'abord il faut trouver qui c'est. Engage quelqu'un, Tomas. N'importe qui, quelqu'un de fiable, de discret aussi. Idéalement un privé, quelqu'un qui fricote pas avec la police.

– Je m'en occupe.

– Pourquoi il a contacté ma fille, Tomas, hein ? Pourquoi Anne ? Qu'est-ce qu'elle a à voir là-dedans ?

– C'est un vaurien, monsieur. Il y en a malheureusement des tonnes sur le Web, qui attendent la première occasion pour s'en prendre à des proies faciles.

– Ma fille n'est *pas* une proie facile. Anne est forte, brillante.

– J'en doute pas, monsieur. On va trouver de qui il s'agit.

Sous-entendu dans le regard que lança Ruiz à son patron : *Et on le fera payer au prix de la plupart de ses os.*

• • •

En fin de soirée, le Président lut un texto de Danielle.

DANISTORM : TA PREUVE, PREZ.

Les dernières heures avaient été si éreintantes qu'il en avait oublié Danielle. Elle comprenait assez son désarroi pour ne pas attendre le lendemain avant de lui écrire. Il remarqua un fichier joint au texto de son amante. Hésitant, il décida tout de même de l'ouvrir.

Une photo montrant une jeune femme étendue sur le dos. Une impression étrange envahit le Président, à mi-chemin entre horreur et désir. La jeune femme était censée être morte. Danielle lui envoyait la preuve que la personne qu'elle avait recrutée pour se débarrasser d'Isabelle Pouliot avait accompli le boulot.

Sauf qu'un détail tarabustait le Président. Isabelle Pouliot était rousse. Certes, son métier l'incitait peut-être à changer son look de temps à autre, mais n'empêche…

Il agrandit la photo. Et ressentit un profond malaise.

La jeune femme avait l'œil révulsé, le teint grège. Sa mort ne faisait aucun doute. Mais il ne s'agissait pas d'Isabelle Pouliot.

C'était une autre jeune femme. Et le Président la connaissait, elle aussi.

11

Un an auparavant

Le Président et Démie avaient eu la bonne idée d'organiser une expédition surprise pour Anne. Férue de *dark wave,* l'adolescente avait laissé à vue sur la commode de sa chambre un article de revue faisant état d'un concert de Figure Study au Irving Plaza de Gramercy Park, à New York. Lorsque leur fille n'avait pas le nez plongé dans les livres ou dans ses propres projets d'écriture – elle remplissait des carnets de concepts, d'idées à développer, d'esquisses servant à la définition de personnages plus excentriques les uns que les autres –, elle s'abandonnait à la musique de ce duo new-yorkais. L'inclination d'Anne pour la *dark wave* contrariait Demeïana, qui voyait dans cette musique une désillusion et un cynisme qui ne convenaient pas à une adolescente de quatorze ans, qui plus est une jeune fille aussi *particulière* qu'Anne. Démie se disait préoccupée par les paroles des chansons, dont ressortait la solitude, une solitude irréfragable et maladive, et la mère inquiète se demandait jusqu'à quel point Anne ne croyait pas que Figure Study chantait sa propre existence. Indépendamment des mots, la musique, simpliste et redondante, détenait une espèce de pouvoir lancinant, une capacité à infiltrer l'âme de ceux qui l'écoutaient et à inoculer une mélancolie certaine. « C'est malsain », avait admis Démie au Président.

Pour sa part, le Président était d'avis que l'art servait d'exutoire à sa fille, qu'il ne pouvait qu'être bénéfique pour elle. Il avait réussi à faire accepter à Démie le projet insolite d'amener Anne voir Figure Study dans la Grosse Pomme.

Or les choses ne s'étaient pas déroulées comme prévu. La route avait été longue, parsemée d'embûches – mal des transports d'Anne, angoisses de Démie, circulation chaotique une fois dans la métropole américaine –, aussi le Président s'était-il décommandé une fois dans le confort de sa chambre d'hôtel.

– Quoi ? avait explosé Démie. Tu me fais venir jusqu'ici à mon corps défendant et c'est *moi* qui dois me taper ce spectacle d'héritiers du *no future* ?

– J'ai la migraine, Démie. Je pourrai pas supporter l'intensité de la musique, la foule, les jeux de lumière…

Démie avait, de mauvaise grâce, accompagné Anne au Irving Plaza. Le concert avait été tolérable, la foule n'était pas constituée de morts-vivants, Anne n'avait pas quitté des yeux son groupe fétiche, et Démie croyait même l'avoir entendue crier une fois ou deux entre deux morceaux.

Comme par magie, le Président, lui, s'était senti mieux une fois seul, était descendu au bar de l'hôtel et avait fait connaissance avec le barman. Une jeune femme s'était approchée de lui lorsqu'elle l'avait entendu déclarer qu'il vivait à Québec.

– Bonjour.

Elle était jolie. Ses yeux recelaient une part de tristesse qu'elle tentait de compenser par un excès de mascara, pour faire diversion. Le Président lui donnait la mi-vingtaine.

– Bianca, avait-elle dit en tendant une main polie aux ongles vernis d'un rouge incarnat.

Ses cheveux coupés à la Cléopâtre dégageaient sa nuque, et le Président fut titillé d'emblée par le cou gracieux de Bianca. *Blanche*, en italien. Le Président n'était pas plus méfiant qu'il le fallait, particulièrement en présence de jolies femmes, mais il nota que le pianiste du bar jouait une version aléatoire et jazzée de *White Wedding* de Billy Idol qui, en plus de dénaturer le tube original, avait pu inspirer la jeune inconnue pour se doter d'un prénom qui répondait bien à ses traits italiens, bien que factice.

– Qu'est-ce que vous faites à New York, Bianca ?

– De l'exploration, avait-elle dit, laconique.

– Et vous explorez...

– Tout.

Un rire franc s'était ensuivi et elle avait fait signe au barman de lui apporter à boire.

Le Président s'était désolé que l'hôtel n'ait même pas une seule bouteille de Pyro, en profitant au passage pour vanter les accomplissements de sa compagnie. Bianca n'avait pas relevé. Ce n'était pas ce que buvait le Président qui l'intéressait.

L'homme d'affaires était remonté à sa chambre une heure et demie plus tard, juste à temps pour accueillir Anne et Démie à leur retour du concert. Bianca Cavallo avait hanté ses rêves, pendant son sommeil.

Il devait la revoir.

• • •

Ce qu'il avait d'ailleurs fait à son retour au Québec. Bianca avait laissé ses coordonnées au Président. Résidant à Brossard, elle lui avait confié avoir « très envie de le revoir », dans un « contexte moins formel ».

Quelques semaines après le concert, le Président avait dû se rendre à Montréal pour affaires. Il avait réglé vite fait la réunion à laquelle il devait assister afin de se libérer pour inviter Bianca à dîner dans le meilleur restaurant qu'il connaissait en ville. Ils avaient repris leur conversation, il l'avait écoutée parler de ce qu'elle était – une jeune femme ambitieuse, intéressée par le droit commercial, mais vouée à mettre ses plans en veille le temps que ses finances lui permettent de s'inscrire à la faculté de droit de l'Université McGill.

– Je pourrais contribuer, avait-il offert.

Bianca l'avait regardé et il avait senti ses jambes flageoler sous la table.

– Et qu'est-ce qu'il faudrait que je fasse, pour mériter ça ?

• • •

Elle s'était pliée à ses quatre volontés, dans une chambre de l'hôtel le plus proche de l'endroit où ils avaient mangé. Il avait souri en l'apercevant nue sur le lit. *Blanche* avait la toison pubienne noire comme la nuit.

Leurs corps s'étaient emmêlés deux heures durant. Il l'avait mordue, l'avait invectivée, avait exigé qu'elle fasse de même. Rapidement, les choses s'étaient gâtées quand Bianca avait invoqué la nécessité de partir avant minuit.

– Pourquoi ? avait-il pantelé. Ton taxi va se transformer en citrouille ?

Bianca était restée. Cela avait été son erreur.

Après leurs ébats, le Président s'était laissé envahir par la honte – la honte d'avoir cédé à une tentation qu'il n'avait pas commandée. C'était Bianca qui l'avait approché à New York. C'était *elle* qui lui avait laissé sa carte. C'était *elle* qui avait joué les ingénues dans ce resto. Ne lui avait-elle pas fait du pied, pendant le repas ?

Puis il avait eu une pensée pour Démie, pour Anne, s'était trouvé minable de les avoir abandonnées, seules à New York, tandis qu'il faisait les yeux doux à cette jeune Italienne de Brossard.

• • •

Bianca Cavallo avait survécu à ses blessures. Le Président avait eu le réflexe d'appeler Tomas Ruiz pour essuyer ses bavures, ce soir-là. Son bras droit était arrivé à Montréal au milieu de la nuit, vanné mais volontaire, muni d'une housse de transport pour vélo. Ils avaient tout nettoyé, avaient administré à Bianca un sédatif puissant et avaient réussi à la tasser dans la housse à vélo. On l'avait larguée dans une ruelle, quelque part dans l'est de la ville. L'avocat et ami précieux du Président, essoufflé aux petites heures du matin, s'était contenté de lancer une boutade. « Alors ce sera comme ça maintenant, j'imagine. »

Et c'est ainsi que les choses s'étaient dessinées, en effet. Bianca Cavallo était la première escorte que le Président engageait ; la première femme aussi qu'il prenait la liberté de violenter. Il allait y prendre goût. Après l'épisode de la mort de Canon – Démie parlait d'*immolation*, mais le Président croyait à un geste mécanique sans motif apparent –, l'épouse du Président avait laissé se dessécher sa libido, au point de mener une vie d'ascète reposant sur la dévotion, la prière, la repentance et l'abnégation, convoquant toutes ses énergies et ses désirs au profit des moins nantis et des malades. Progressivement s'était profilée, dans l'esprit du Président, la nécessité d'expurger ses désirs les plus fondamentaux. Il lui était impensable, à la mi-quarantaine, de nier les pulsions sexuelles qui l'aidaient à incarner l'étalon performant qui rivalisait en affaires. Le Président avait *besoin* de cette énergie sexuelle pour aller de l'avant.

Il s'était abandonné à quelques relations extraconjugales triées sur le volet, des bluettes éphémères. Puis Bianca s'était offerte sur un plateau d'argent. Jolie, distinguée, l'âme d'une avocate dont les moindres gestes au lit évoquaient sa propension à répliquer à la moindre offensive.

Ensuite était survenue Danielle, qui avait élevé l'adultère au niveau olympique. Le Président ne s'empêchait pas de butiner à gauche et à droite de temps à autre, lorsqu'il fallait, sans risquer de briser une relation, se purifier de ces pulsions de violence sexuelle qui le taraudaient. Danielle restait disponible, ouverte, sexy et à l'affût des moindres façons de satisfaire son homme.

Depuis Dani, Bianca Cavallo n'était pas censée ressurgir des limbes.

• • •

Montchatel

Et pourtant la voilà qui fixait le Président de son œil unique, par-delà la mort. La photo qu'avait publiée Danielle montrait Bianca de la taille à la tête, nue. Celui à qui Danielle avait confié le mandat de tuer ne s'était pas contenté d'abattre la jeune femme. Il lui avait prélevé un œil… Pourquoi autant de hargne ?

Pour égaler celle avec laquelle tu as demandé qu'on te débarrasse de tes soucis, souffla une voix en lui.

Sauf que Bianca Cavallo *ne faisait pas* partie de ses soucis. Danielle avait fait exécuter la mauvaise femme ! Comment était-ce possible ? Surtout, une question trottait dans l'esprit du

Président, plus grave encore : parmi toutes les femmes qui pouvaient être tuées par erreur à la place d'Isabelle Pouliot, comment en était-on venu à choisir Bianca Cavallo, une escorte qui avait eu un lien avec le Président par le passé ?

Il s'attabla devant son ordinateur personnel. La maison était silencieuse. Depuis qu'Anne séjournait chez sa tante Simone, le Président avait réduit les heures de travail des agents de sécurité. Il entra le nom de Bianca Cavallo dans le moteur de recherche. Il existait forcément une raison pour que Danielle ait entendu parler d'elle.

Internet renvoya deux ou trois liens incluant le nom de la jeune escorte. L'un d'entre eux intrigua suffisamment le Président pour qu'il clique dessus.

« JEUNE FEMME TROUVÉE MORTE SUR LA RIVE-SUD DE MONTRÉAL : BIANCA CAVALLO SORTAIT DE L'HÔPITAL »

La jeune femme trouvée pendue à un arbre du parc Bernini, à Brossard mercredi dernier, était connue des policiers. L'information a été confirmée à notre journaliste par l'attachée de presse du SPAL (Service de police de l'agglomération de Longueuil). Bianca Cavallo, 21 ans, avait été appréhendée à quelques occasions par la police pour sollicitation à caractère sexuel. Elle n'avait toutefois jamais été arrêtée.

Pendue à un arbre ?

Le Président lut l'article en entier. Bianca Cavallo avait été admise à l'hôpital le 29 septembre. Il ouvrit, sur son téléphone, son agenda électronique et parcourut les entrées pour septembre 2018. L'escapade familiale à New York avait eu lieu le mardi 4… Une réunion d'affaires à Montréal était inscrite à l'ordre du jour du vendredi 28 septembre. C'était la première sortie montréalaise du Président après la rencontre avec Bianca à New York, donc assurément le soir de leur dîner et de leur rendez-vous sexuel à l'hôtel.

Elle avait été admise à l'hôpital Santa Cabrini le lendemain.

L'article mentionnait que Bianca avait été trouvée morte le lundi 8 octobre, deux jours après avoir reçu son congé de l'hôpital. Il y avait fort à parier que le Président avait été son dernier client…

Étrangement, la jeune femme ne semblait pas avoir ébruité la relation tumultueuse qui avait mené à son hospitalisation : l'événement datait d'un an auparavant. Elle avait été battue, hospitalisée, libérée puis était morte. Tout cela en une dizaine de jours.

L'article se terminait en mentionnant que la famille de Bianca ne lui connaissait aucun antécédent suicidaire.

Suicidaire. Un an auparavant.

Bianca Cavallo n'avait donc pas été assassinée par erreur par la personne qu'avait approchée Danielle : elle était morte depuis un an. Une nouvelle question surgit dans l'esprit du Président : comment Danielle avait-elle eu accès à ce cliché de la jeune Italienne morte ? Qui lui avait envoyé la photo ? Et pourquoi envoyer la photo d'une suicidée de l'année précédente à titre de preuve de l'assassinat d'Isabelle Pouliot ?

Un autre détail le titilla : comment Bianca Cavallo avait-elle perdu un œil, si elle s'était pendue ?

Le Président allait refermer l'ordinateur lorsqu'il fut attiré par la photo de Bianca qui apparaissait en gros plan dans l'article. Elle y rayonnait autant que le soir de leur rencontre aux États-Unis. Il fut charmé à nouveau par ce sourire qui l'avait enjôlé. Sur le cliché, Bianca prenait la pose en portant la main dans ses cheveux. Probablement une photo de l'agence d'escortes à laquelle elle était rattachée, se dit le Président.

Elle portait au doigt une bague notoire dont le cercle était constitué de deux lignes parallèles et dont le chaton était orné de fioritures telles que le Président en avait déjà vu. Il récupéra la photo publiée par Danielle sur le site web où elle l'avait dirigé. Cette fois, le Président ressentit une tristesse profonde en revoyant Bianca allongée dans la mort, mutilée et détroussée de sa dignité. Mais qui donc avait pris cette photo ? Bianca avait les deux bras relevés, comme si elle s'abandonnait à son sort. La photo exhibait assez ses mains pour que le Président soit à même de noter la présence de cette bague, dont on pouvait remarquer ici la pierre, pourvue d'un symbole blanc et noir ressemblant au yin et au yang.

La bague était identique à celle dont lui avait fait cadeau Axel Dagenais, le soir de l'inauguration du *Drageon*.

12

Montchatel

Le Président vida les armoires dans la maison, sonda les tiroirs, à la recherche de la damnée bague. *Dagenais, mon con ! C'est toi qui es le responsable de tout ça ! C'est probablement toi Taïga, aussi. Tu vas payer, espèce de prétentieux !*

Il repensa à la soirée d'inauguration du *Drageon*. Il avait porté la bague. Il avait été filmé, photographié avec la putain de bague !

Le Président était incapable de réfléchir. Où avait-il posé cette bague ? Ils étaient revenus, Anne et lui, en fin de soirée. C'est Anne qui portait la bague à son doigt, pour s'amuser, en route vers la maison. De retour à domicile, le Président avait fait un chocolat chaud à sa fille, s'était versé un cognac. Ils avaient bu en silence dans le salon. Il avait félicité Anne, qui avait survécu au bain de foule, le premier depuis la mort de sa mère.

Anne... Comment pourra-t-elle sauver les apparences, maintenant ? se demanda-t-il, en songeant à la vidéo clandestine du motel Olympia qui le montrait, lui, avec une netteté déconcertante, en train de molester Isabelle Pouliot ? Comment exiger de sa fille de quinze ans qu'elle se soumette au bombardement en règle qui allait exploser à la figure du Président, quand quelqu'un allait diffuser la vidéo ?

Peut-être même que Taïga l'a déjà envoyée aux médias, fit une voix dans son crâne.

Non ! On allait retracer Taïga et le faire payer avant que les choses ne s'enveniment. Taïga était Dagenais.

Une illumination lui vint. Il attrapa son téléphone et texta Ruiz. Il fallait retrouver Dagenais et le questionner. Mieux : il fallait le menacer. Et surtout récupérer la vidéo compromettante.

Il se rendit ensuite dans la chambre de sa fille. Anne avait peut-être conservé la bague de l'artiste, au retour. Le Président ne se souvenait pas de l'avoir jamais récupérée.

Il la repéra enfin dans un des tiroirs de la commode d'Anne. Il retourna dans le bureau et, sur le Web, consulta à nouveau les photos de Bianca Cavallo, qu'il agrandit pour mieux observer la bague de la victime. Un doute s'immisça dans l'esprit du Président : si on en venait à inspecter son ordinateur, on pourrait sans doute retracer ces photos de Bianca qu'il avait consultées plus d'une fois dans la journée. Il ne lui faudrait pas oublier d'effacer les traces de ses visites dans l'historique de la machine.

Il ne s'était pas trompé. Le bijou soi-disant fabriqué par Dagenais était identique à celui de Bianca. Peut-être même était-ce l'authentique.

La vibration du téléphone, sur le bureau, indiqua au Président que Ruiz lui répondait.

TMRZ : EN DISCUSSIONS AVEC UN COLLABORATEUR QUI RÉGLERA VOTRE PROBLÈME. IL SE CHARGE DE TAÏGA. PAS CONVAINCU QU'IL S'AGIT DU GARÇON.

PREZPYRO : JE TE DIS QUE C'EST DAGENAIS, TOMAS ! IL ENVOIE DES VIDÉOS À MA FILLE ! SEUL « AMI » D'ANNE !!!!

Il inspira profondément. Il lui fallait se calmer. Savoir que Ruiz s'occupait de son côté de trouver un allié le rasséréna. Le Président ne se sentait pas seul dans l'adversité.

Il compara la pierre de sa bague et celle du bijou porté par Bianca sur la photo où elle apparaissait morte. C'était la troisième fois que le Président voyait le cliché. Il éprouvait un malaise réel à l'idée de retrouver cette femme morte pour la troisième fois en quelques heures. *C'est pourtant le genre de chose qui t'aurait fait bander, il n'y a pas si longtemps.* Il réprima cette pensée et se concentra sur l'objet. La pierre de Bianca ressemblait à une combinaison yin-yang. La sienne était différente.

Il posa l'objet sur la table et tiqua en voyant la pierre bouger dans son petit dôme de verre. À bien y regarder, rien ne ressemblait au yin et au yang.

Vibration.

TMRZ : VOUS VOULEZ QUE JE VIENNE VOUS REJOINDRE AVEC NOTRE ENQUÊTEUR ?

PREZPYRO : DEMAIN. SUIS OCCUPÉ.

Le Président se munit d'un couteau pointu, à la cuisine. La maison était plongée dans l'obscurité et pour la première fois depuis qu'il avait acheté cette maison, il se sentit mal à l'aise. Il pensa à Anne. Elle était chez sa tante Simone pour quelques jours, le temps que les choses se tassent. La sœur du Président vivait à Sainte-Foy, et bien que le Président ne fût pas spécialement proche d'elle, il savait qu'il pouvait compter sur sa discrétion. Simone n'allait pas questionner Anne, elle allait respecter son besoin de prendre un peu de distance. Depuis la mort de Démie, elle s'était montrée rassurante et précieuse pour Anne. Elle passait plusieurs fois par semaine, munie de repas qui – le Président devait l'admettre – étaient meilleurs que tout ce qu'il savait cuisiner.

Il vérifia que les portes étaient verrouillées et que le système d'alarme était armé. Il remonta au bureau et s'attaqua à la bague.

Il pinça le cercle entre ses doigts et entreprit de décapsuler le petit dôme vitré pour en libérer la pierre. Il aurait juré que cette dernière avait pivoté dans son dôme, pendant qu'il s'était déplacé jusqu'à la cuisine. Le dessin se rapprochait néanmoins du yin et du yang, mais la démarcation entre noir et blanc n'était pas nette. Au mieux, on pouvait penser à un demi-cercle noir dont la pigmentation était d'inégale intensité, comme si on avait concentré la noirceur en son centre.

Le dôme finit par céder pour libérer ce qui n'avait pas grand-chose d'une pierre : du moins, si c'en était une, elle avait ramolli avec le temps. Le Président la tâta de la pointe du couteau. Le demi-cercle aux tons de noir apparaissait sur le côté de la pierre, elle-même une demi-sphère d'une blancheur fade.

Elle est faite d'acide hyaluronique, avait déclaré Dagenais. Normal, sans doute, qu'il ne s'agisse pas d'un matériau solide.

Le Président observa à nouveau la photo de Bianca Cavallo morte. Cette fois, il ne parvint pas à éviter son regard.

Son *demi-regard.*

Bianca s'était suicidée par pendaison.

Or la photo publiée par Danielle montrait une jeune femme éborgnée.

Il ne connaissait que peu de choses à l'anatomie, mais il savait désormais que l'acide hyaluronique était une composante de l'œil humain.

13

Sainte-Foy

L'église Notre-Dame-de-Foy, ayant servi de poste fortifié aux Anglais lors de la Conquête, avait brûlé en 1977. En 1999, on avait décidé de faire contre mauvaise fortune bon cœur et de l'illuminer pour le bénéfice des visiteurs. Perçue d'abord comme une triste ruine, elle était devenue avec le temps le vestige d'une autre époque, une relique témoignant de l'attachement des Québécois pour les symboles de leur passé. Une moitié d'église pour un peuple incapable de totalement renier son passé d'asservi au clergé.

Cam s'était assise sur un des bancs aménagés le long de l'ancienne nef devenue promenade, sous les puissantes armatures métalliques du bâtiment dévasté. La nuit était fraîche et, pour la première fois de la saison, Cam projetait des volutes de vapeur lorsqu'elle expirait. Comme ce bâtiment, le temps l'avait usée, elle aussi, l'avait dépossédée de ce qu'elle avait été.

Elle se secoua. Elle détestait ce genre de rêverie nostalgique, et se dit qu'un tel égarement ne se serait pas produit si Axel s'était présenté au rendez-vous. Depuis qu'elle s'était imposée dans son atelier, elle n'avait eu aucune nouvelle de l'artiste. Elle s'en voulut d'avoir un peu relâché sa surveillance alors qu'elle aurait dû se montrer vigilante. Après tout, elle lui avait demandé de se sevrer, tâche ingrate et ardue pour le *junkie* qu'était devenu Axel au fil des années. Surtout depuis la mort de ses parents… Mais merde, ce n'était pas comme s'il était le seul à affronter l'adversité ! S'il délaissait la dope, Cam aussi allait en souffrir. Force était d'admettre que depuis que leurs routes s'étaient croisées, elle était devenue accro à certains des remèdes prodigués par le jeune. Cam vivait de sales heures, occupées par des tâches multiples à rendre schizo, en plus d'avoir à endurer le manque, elle aussi.

Les jeux d'ombre, de l'autre côté du transept, lui firent croire momentanément à l'arrivée de celui qu'elle attendait, mais l'absence de mouvement concret l'enragea encore un peu plus. Axel avait ignoré la convocation. Cam avait choisi un lieu neutre : la dernière rencontre s'était mal déroulée, ils en étaient venus aux coups et, bien qu'Axel ne représentât pour elle pas grand-chose d'autre qu'un revendeur à la petite semaine facile à manipuler, depuis qu'il avait égrené les foyers d'accueil, elle ne tenait pas à ce qu'il lui arrive malheur.

Mais il venait de lui poser un lapin, et Cam exécrait ce que cet affront signifiait. Elle détenait un ascendant sur lui du fait des incartades qu'avait cumulées le jeune homme au cours des quatre dernières années. Elle lui avait fait confiance. Il semblait toutefois qu'elle avait surestimé son jugement. *Cette idée de faire confiance à un toxico…* s'entendit-elle rager.

Elle patienta encore dix minutes, n'espérant plus rien qu'un peu de quiétude, pour une fois. Ces derniers temps, les choses s'étaient bousculées. Cam sourit au ciel qui perçait de l'autre côté des travées et des armatures du bâtiment. Et si son inconscient l'avait amenée ici afin de prier que tout se déroule sans anicroche, finalement ? Jusqu'ici le plan ne fonctionnait pas trop mal, mais il n'y avait plus de place pour le relâchement.

Elle allait le retrouver. S'il n'était ni chez lui à Vanier ni à l'atelier de Saint-Roch, il flânait peut-être à la place D'Youville, cherchant à troquer une toile ou une babiole de son fait en échange d'un rail ou deux de coke.

Elle se leva comme son téléphone sonnait.

– Allô, princesse.

– Qu'est-ce que tu veux, Hamelin ?

– On a du nouveau. Je me disais que tu méritais peut-être que je te tienne au courant.

– Balance.

– Max Bernard... On a retrouvé le flingue dans sa table de chevet.

– Celui qui a tué le proprio du motel Olympia ?

– Bingo. Un modèle rare : Benelli B76. Une arme non enregistrée.

– Tu t'attendais à quoi ? Tu pensais trouver le certificat d'enregistrement à côté du pistolet, avec la balle qui a tué le gars et un petit bout de cervelle en prime, dans un Ziploc, avec la mention « Tenez, tout est là » ?

– Avec la vidéo de surveillance que tu m'as envoyée et que t'as obtenue je sais pas comment – faudra qu'on s'en reparle, d'ailleurs –, ça lui fait deux prises. On aimerait bien lancer la troisième.

– Qu'est-ce qui vous en empêche ? T'es capable d'avoir un mandat, Phil.

– Bernard est introuvable. Disparu dans la brume. Il y a des signes de lutte dans sa cuisine, un peu de sang aussi, mais pas de trace du gars.

— Persiste, Hamelin. Tu sais qu'on m'a mise au placard. Je peux pas t'aider sur ce coup-là. Mais merci pour les infos. Je m'en souviendrai, quand j'irai sur ta tombe.

— Tu nous manques, Cam.

— Autant que des champignons pubiens. C'est ce que t'as toujours dit.

Cam raccrocha et sortit de l'église. La façade était presque intacte. Elle aussi.

14

Saint-Sauveur

Pour une fois, Dani était en avance.

Il l'avait textée en fin de journée pour lui donner rendez-vous.

– Veux-tu que je trouve le motel le plus *cheap* qu'on n'ait pas encore essayé ? avait-elle ironisé.

– Non. Pas de coucherie. Je veux te parler.

Elle avait jeté son dévolu sur le parc Victoria. En fin de soirée.

Le Président la trouva accoudée à un réverbère, rue Simon-Napoléon-Parent.

– T'es pas peureuse.

– Pourquoi je le serais ?

Elle portait un jean ajusté qui mettait en valeur ses longues jambes et une veste de cuir dont les manches remontées aux coudes lui attribuaient un air rebelle n'ayant rien de factice. Le t-shirt noir qui moulait sa timide poitrine portait l'inscription SHOOT, DONNIE ! surmontant une caricature du président des États-Unis, qui se fourrait un fusil dans une narine.

— On marche ? proposa-t-elle.

Ils s'enfoncèrent dans le parc, jusqu'à aller longer la rivière Saint-Charles, à l'ouest. De l'autre côté du cours d'eau s'étendaient les longueurs mornes de Vanier.

— C'est la première fois qu'on fait ça, souligna Dani.

— Peut-être… sans doute.

Danielle lui prit la main comme s'ils étaient des compagnons de longue date, et le Président trouva la sienne moite et froide. Elle inspira profondément l'air automnal et soupira longuement.

— Tu t'ennuies de ta femme ?

— Pas vraiment.

La réponse était sortie sans qu'il ait véritablement le temps de s'interroger, mais elle n'était pas fausse. L'époque où le Président était amoureux de Demeïana paraissait loin derrière, comme le souvenir d'une autre vie.

— T'es préoccupé, Prez.

— Il t'est arrivé de te dire que ça aurait dû être toi ? lui demanda-t-il. (Voyant qu'elle ne saisissait pas, il précisa sa pensée.) Tu pensais que j'allais te choisir comme remplaçante de Démie ?

— Comme amoureuse ? (Elle pouffa.) Non, vraiment, le prends pas mal, Prez, mais je tiens trop à ma liberté.

Il secoua la tête.

— Non. Comme héritière.

— Tu plaisantes, j'imagine.

Il la sentit se braquer.

— Tu penses que je veux ton argent ? Je t'ai déjà demandé de me payer, après t'avoir fait hurler comme un porc ?

Voilà qu'il l'avait offusquée.

— Si j'avais voulu ton fric, Prez, j'aurais eu cent occasions de te voler.

— Comment t'as eu la photo ? lança-t-il à brûle-pourpoint.

Il l'avait surprise.

– Il me l'a envoyée, après l'avoir exécutée.

– Isabelle Pouliot ? De Saint-Romuald ?

Elle lâcha sa main.

– À quoi tu joues, Prez ?

– Toi, à quoi tu joues, Dani ? Tu pensais que je reconnaîtrais pas Bianca Cavallo ?

Dani arrêta de marcher et lui fit face. Derrière elle, les arbres dessinaient des arabesques sur le ciel que le vent tentait d'effacer en vain.

– C'est Dagenais, c'est ça ?

– Qui ?

– T'as engagé Axel. T'as demandé au petit con suceur de subventions d'aller faire le job. Mais pour une raison que je comprends pas, il t'a envoyé une photo d'une autre fille.

– Prez… je suis confuse.

– Va falloir que tu me répondes, Dani. Parce que les choses commencent à se corser. Et j'ai pas envie de découvrir que t'étais dans le coup. C'est quoi ton lien avec Dagenais ?

– Je le connais pas, je te dis !

Soudainement, Danielle avait perdu de sa superbe. Le Président pouvait voir se refléter sur son visage des éclats de lune qui accentuaient son tourment. Dans une autre réalité, ils étaient amants. La dernière fois qu'il avait vu Dani, il avait simulé de la violer. À bien y regarder, on percevait encore une légère bosse sur sa lèvre inférieure. Il n'avait pas même pensé lui demander comment elle allait ni même s'il lui était arrivé de repenser à cette soirée, s'il l'avait troublée. Il avait pris du plaisir et s'en était allé. À présent, ils se faisaient face comme des chiens de faïence et, pour la première fois depuis qu'il la connaissait, le Président n'éprouvait pas de désir en l'observant.

— Je veux comprendre, Dani. Savais-tu qui était cette fille-là ?

Elle ne répondit pas.

— Tu m'as envoyé la photo d'une femme qui s'est suicidée et à qui on a arraché un œil, ajouta-t-il. J'ai jamais demandé qu'on mutile la... la...

— La pute que tu voulais faire tuer ?

La voix de Dani était froide, distante.

— Tu m'as passé commande, Prez. J'ai dit que je connaissais des gens.

— Tu connaissais *quelqu'un*, la corrigea-t-il.

— Quelle différence ça fait ? Il a fait le job et il m'a envoyé la photo. Comment je pouvais savoir que c'était pas la bonne fille ? se défendit-elle.

— Parce que je t'avais dit qu'Isabelle Pouliot était rousse. Tu l'as peut-être même vue dans la vidéo, toi aussi.

— De quoi tu parles ?

— Taïga, c'est quelqu'un que tu connais ? C'est lui, ton tueur à gages anonyme ?

Dani s'approcha de lui, posa sa main sur son avant-bras.

— Je comprends plus, Prez. Je voudrais pouvoir sauver ce qu'on...

— Lâche-moi !

Il avait crié, plus fort qu'il ne le souhaitait, sans doute. Il eut le réflexe de se retourner pour voir si des promeneurs l'avaient entendu. À moins de cinq cents mètres se trouvait le commissariat de police municipale.

— Tu vas faire quoi, là ? Me jeter ? C'est pour ça que tu voulais qu'on se voie ? T'avais pas les couilles de payer une chambre pour me quitter ?

— Je veux juste comprendre, Dani. Pourquoi tu...

Depuis un sous-bois apparut une ombre qui se matérialisa en se rapprochant.

– Vous devriez parler, suggéra la voix.

– C'est qui, lui ? s'inquiéta Danielle. L'amante fougueuse et impavide avait disparu pour laisser place à une femme seule, vulnérable – de celles dont le Président raffolait.

– J'ai besoin que tu parles, Dani. Dis-moi que t'as rien à voir avec ça, la supplia le Président. Jure-moi que tu savais pas ce que tu faisais…

– Prez…

Danielle avait à présent les larmes aux yeux. À sa gauche, Tomas Ruiz, venu en renfort au Président, avait le bras tendu vers elle. Au bout du bras, il pointait une arme à feu vers l'amante.

– Non…

Dani secouait la tête. Elle entreprit de reculer, comme si elle ignorait que derrière elle, à moins de vingt mètres, coulait la rivière.

– Tu ferais pas ça, Prez…

– Dis-moi que tu connais pas Dagenais, insista-t-il.

Lui aussi avait les yeux mouillés, mais ses maxillaires crispés trahissaient que c'était un trop-plein de rage qui se manifestait chez lui.

– Prez… pense à nous…

– Dis-moi que Taïga, c'est Dagenais… reprit le Président.

– Je sais pas de quoi tu parles, mon chou…

Le Président se tourna vers Ruiz et lui adressa un signe de tête. Il allait fermer les yeux pour ne pas voir la scène lorsqu'un éclat orangé érafla l'obscurité devant lui. Le son suivit, une fraction de seconde plus tard.

Le corps s'effondra lourdement.

Face au Président, Danielle tenait fermement le Walther T4E qu'elle avait naguère employé pour le faire jouir en le lui enfonçant dans le rectum pour ensuite le lui coller sur la tempe et appuyer sur la détente.

Cette fois, l'arme avait détoné pour vrai.

– Oh merde ! s'exclama Danielle, la main sur la bouche. Je voulais pas… je voulais pas faire ça… je voulais pas… je voulais pas… je voulais pas… je voulais pas…

Le Président était pétrifié. Devant lui, Danielle n'avait plus rien de la Tempête qui faisait la pluie et le beau temps dans la même chambre à coucher que lui. C'était une femme qui avait perdu ses moyens, qui s'était défendue aux dépens d'un homme qu'elle avait senti menaçant.

Le Président eut un réflexe qui le surprit lui-même : plutôt que de porter assistance à Ruiz, il se rua sur Dani et l'enlaça.

– Je suis désolé… mon amour… je suis désolé… Je voulais pas qu'il te…

Tu voulais pas quoi, au juste ? Tu avais demandé à Ruiz de faire les choses vite et bien, sans heurt.

– Va-t'en, fit Danielle.

Elle était à présent incapable de décoller les yeux de sa victime. Elle avait cessé de sangloter et tentait de reprendre contenance. Au sol, Ruiz était immobile, le coup l'ayant atteint en pleine poitrine. Il n'y avait aucun doute possible.

– Va-t'en, répéta-t-elle. Il faut pas qu'on te voie ici.

– Il peut pas rester là tout seul ! protesta le Président. C'est Tomas… je l'aime comme mon frère !

– Je vais appeler la police, résolut Danielle. Va-t'en. T'as pas besoin de ça en plus…

Le Président dévisagea Dani avec la douloureuse conviction que c'était la dernière fois qu'il la voyait. Il tourna les talons.

Lorsqu'elle se fut estompée dans l'épaisseur de la nuit, derrière lui, il accéléra le pas et regagna sa voiture, stationnée quelques rues plus au sud, dans le quartier Saint-Sauveur.

Il démarra et se dit que peu importe qu'il soit parti ou resté, le verdict restait le même. Sa vie était fichue.

15

Montchatel

La nuit fut habitée par des spectres. Les ombres le harcelèrent dans ses tentatives de s'assoupir, mais le Président finit par être happé dans un sommeil agité, entraîné malgré lui par des créatures nocturnes qui figuraient ses peurs les plus enfouies au fond de lui-même. Il se retrouva seul à arpenter des allées obscures, jonchées de substances butyreuses comme le sang épais d'innombrables effusions.

Dans un renfoncement ténébreux, un faible halo émis par du feu attira son attention. Il se pencha à la hauteur d'une jeune fille vêtue de haillons. Ses cheveux hirsutes et crasseux lui donnaient l'air d'un animal sauvage. La petite leva vers le Président des yeux peuplés de mille soucis. *Qu'est-ce que tu veux ?* s'entendit-il lui demander. L'enfant se contenta de le toiser, sans parler, mais du fond de sa pupille elle l'accusa de tous les torts. Puis une voix s'éleva dans l'esprit du Président, une voix qui n'appartenait ni à la fillette ni à lui-même. Il était trop tard, formulait-elle, trop tard pour revenir en arrière. *Tout est accompli.* La fillette approcha du visage du Président une allumette qui se consumait à grande vitesse. *Lâche-la,* s'entendit-il lui intimer. La flamme se rapprochait des doigts de l'enfant, mais c'est le Président qui en sentait la brûlure. *Arrête!* Soudain, les yeux de la fillette étaient devenus des puits noirs, comme ceux qu'avait vus Démie lorsqu'elle avait veillé Anne, jadis. La fillette rapprocha l'allumette du visage de son visiteur. Le Président ouvrit la bouche, mais rien n'en sortit. Ses efforts pour hurler ne lui soutiraient aucun son. La fillette s'avança, ses yeux abyssaux prêts à avaler ce qu'il restait d'assurance en l'homme devant elle.

Puis elle souffla sur l'allumette et disparut.

Le Président était seul dans cette ruelle glauque. Mais la fillette avait instillé en lui la texture du Mal.

• • •

Il s'éveilla en sursaut et résista comme il le put à la tentation de téléphoner chez sa sœur Simone pour prévenir Anne qu'il la ramenait à la maison. Il allait avoir besoin de son soutien. Toute velléité de faire d'Anne son pantin de ventriloque en public l'avait quitté, mais il avait besoin de sa fille. S'il fallait que les récents événements en viennent à le faire arrêter… qu'allait devenir Anne?

Vers 5 heures, les éclats mauves qui bariolaient le ciel matinal convainquirent le Président que la nuit allait être blanche. Il téléphona chez Simone. Qu'à cela ne tienne s'il réveillait sa sœur: il *devait* parler à sa fille.

– Elle a découché, dit Simone.

– Comment, elle a découché? fit le Président, furieux. Elle n'a pas le droit de découcher!

– Elle m'a dit qu'elle le faisait parfois quand elle est à la maison…

– C'est faux! Elle a quinze ans, Simone!

– Elle a l'âge de raison, quand même...

Le Président se fit violence. Il ne fallait pas en plus se mettre à dos sa propre sœur.

– Elle est allée chez qui ?

– Son amie Sarah, répondit Simone.

– Sarah qui ? Elle n'a pas d'amie qui s'appelle Sarah...

– Je ne lui ai pas demandé...

Le Président jura et raccrocha après avoir fait promettre à sa sœur de le tenir au courant dès qu'Anne reviendrait chez elle. Il ne pouvait toutefois empêcher l'inquiétude le gagner. Anne était solide, mais sa mère était décédée récemment... et elle avait vu son propre père dans une vidéo où il tabassait une femme après l'avoir baisée...

Et si elle en avait assez de tout ça ? Et si elle avait décidé d'attenter à sa vie, encore une fois ?

Il repoussa cette idée. Cette période trouble était loin derrière.

Pourtant, c'est ce que sa mère a fait, elle. Elle a peut-être ravivé les pulsions de mort chez Anne.

Le Président ragea de laisser des pensées aussi négatives monopoliser son esprit. Puis une idée illumina son esprit, sans pour autant l'apaiser.

Il passa un coup de fil à Carmella DeSalvo.

– Vous venez à la maison ce matin ?

– Non, c'est au tour de Solomon. On alterne, ces jours-ci.

– Parfait. Vous allez vous occuper d'Axel Dagenais.

– L'artiste ?

– Si on veut. Anne est partie et je veux être certain qu'elle n'est pas allée voir ce petit con. Cherchez comme il faut. Il a un atelier dans le quartier Saint-Roch, mais il pourrait avoir un autre lieu de résidence.

– Noté.

– Carmella… vous avez du nouveau sur Tomas ?

Le Président avait texté DeSalvo et Solomon en revenant à la maison, la veille, pour leur apprendre que quelque chose était arrivé à Ruiz. DeSalvo était intervenue, quelques heures après, pour apprendre au Président que Ruiz avait été hospitalisé à Saint-François-d'Assise.

– Rien, répondit-elle.

– Tenez-moi au courant, le cas échéant.

• • •

DeSalvo communiqua avec le Président en fin d'avant-midi.

– C'est fini, monsieur. Il n'a pas survécu à ses blessures. Sa dépouille sera rapatriée dans son pays natal.

Le Président sentit les larmes lui monter au bord des paupières. Il avait été moins émotif à la mort de Démie.

– J'aurais dû le faire transférer dans un hôpital privé.

– Ça n'aurait rien changé, déclara DeSalvo. La femme qui m'a relayé la nouvelle m'a dit qu'ils avaient tout tenté.

16

Saint-Roch

Anne avait besoin d'air. Pour une fois, le cagibi où elle garnissait son existence de fiction l'étouffait. Depuis la réception de la vidéo pouvant incriminer son père de voies de fait graves, l'adolescente se sentait de trop dans la maison de la rue Duhamel. Et chez Simone… Certes, sa tante était une femme attentionnée, mais Anne avait l'impression d'être cloîtrée chez une nonne, entourée de ces icônes religieuses aux murs, de scapulaires accrochés aux moindres aspérités disponibles dans cet appartement impersonnel, de prières transcrites sur des plaques kitsch ornées d'anges et de fleurs ringardes. La tante Simone avait jeté son dévolu sur le Christ et sa divine parole depuis la mort de son mari. Pour quelqu'un comme Anne, qui fricotait avec les personnages les plus noirs, qui lisait les écrivains les plus tordus, qui elle-même se sentait habitée par des pensées sombres et habitée par des pulsions qui faisaient d'elle l'affidée du Mal, l'habitation de sa tante Simone était douloureusement inconfortable.

Elle déambula dans les rues du quartier, s'imprégnant de la morosité ambiante, croisant au passage des malades mentaux qu'on avait désinstitutionnalisés par manque de ressources, des hommes et femmes louches aux yeux du commun des mortels. Aux yeux d'Anne, ils valaient au moins qu'on leur réserve une place dans ses écrits : leur vie était-elle plus étrange que la sienne ? Ce soir, tandis qu'à la maison le diable se débattait dans l'eau bénite, que quelque part sa garde rapprochée tentait de sauver la face du PDG de PYRO et se consultait pour le tenir loin des barreaux d'une cellule, l'écrivaine en herbe n'avait pas la tête à l'écriture.

De l'autre côté de la porte, elle perçut le rythme endiablé de la batterie doublé par les basses d'un tube techno connu. Anne aurait reconnu entre mille le morceau *Breathe*, qui avait baigné plusieurs heures d'écriture et de lecture.

Breathe the pressure

Come play my game, I'll test ya

Psychosomatic, addict, insane

Breathe the pressure

Come play my game, I'll test ya

Ses jointures frappèrent contre le chambranle, mais elle ne reçut aucune réponse. Elle décida d'entrer malgré tout.

Pas de trace d'Axel dans la pièce, même si The Prodigy faisait trembler les murs.

Le loft était plongé dans une pénombre qui, elle s'en doutait, était sans doute favorable à l'inspiration du jeune artiste.

– Axel ? demanda-t-elle.

Il lui avait fallu hausser le ton pour que sa voix porte plus fort que la chanson.

Depuis sa dernière visite, *Notre-Dame-des-Ténèbres* avait été accrochée au mur. L'atelier était aussi chaotique, un capharnaüm digne des grands esprits créateurs, pensa Anne. Son espace de travail à elle était si ordonné, si propre…

Inhale, inhale, you're the victim

Come play my game

– T'es là, Axel ?

Elle s'avança jusqu'au centre de la pièce, où trônait un grand chevalet sur lequel était posée une toile vierge. À proximité se trouvait un mannequin comme on en trouve chez les couturiers. Axel avait étêté le mannequin.

– J'avais arrêté de t'espérer, Anne.

L'adolescente pivota brusquement. La voix provenait d'un coin de la pièce sur sa gauche. Mais Axel restait hors de vue.

– Axel… t'es pas drôle. Si tu te montres pas, je pars.

– Partir avant de finir… fit la voix. Ouais. Comme la dernière fois. Comme toutes les fois.

La musique s'interrompit avant la fin de la chanson.

– Je peux pas croire que Flint est mort, lança Axel dans son coin.

Anne hasarda de s'avancer jusque dans le coin d'où émanait sa voix. Un paravent masquait l'endroit. Axel se trouvait sans doute derrière.

– Tu penses que c'est parce qu'il pouvait plus créer ? demanda la voix d'Axel.

– De quoi tu parles ?

La voix d'Anne était chevrotante, cachant mal sa nervosité. Elle remarqua de la lumière derrière le paravent. Là où elle était arrivée, progressant pas à pas, lentement, vers le coin de la pièce, Anne songea que ce loft était immense.

– Keith Flint, le chanteur de The Prodigy, idiote, lança la voix d'Axel, plus agressive tout à coup. Son suicide… Tu penses qu'il avait l'esprit vide ? Qu'il était… *sec* ? Sec de création ?

– Axel… est-ce que t'as bu ?

Un rire tonitruant secoua Anne.

– Si j'ai bu ?

Un bruit métallique se fit entendre depuis l'autre côté du paravent. Cette fois, c'en était assez. Anne fit deux enjambées et trouva Axel, accroupi dans sa cache. Une coulure de sang descendait de son nez jusque sur ses lèvres.

– Axel…

Anne se précipita près de lui, mais elle s'arrêta quand elle était à sa hauteur. *Que feraient les gens normaux ?* s'interrogea-t-elle.

– Tu m'assèches… Anne.

Anne le toisa, son esprit cherchant à ne pas enregistrer l'image qui s'offrait à elle. Axel Dagenais était réel. Ce n'était pas un personnage de roman ni même un des humains aux comportements déviants qui satisfaisaient la curiosité d'Anne dans les *snuffs*.

En portant à nouveau son regard sur le réel, Anne aperçut le couteau sur le sol.

– Non… fit-elle avant de se couvrir les yeux.

Axel s'était entaillé l'avant-bras.

– Faut que ça sorte, Anne. À cause de toi… faut que ça sorte.

Il entreprit de se relever : Anne perçut le mouvement. Elle battit en retraite à reculons, mais le loft était si encombré par toutes sortes d'objets qu'elle trébucha dans des pots de peinture empilés derrière elle.

Axel était à présent debout et s'avançait vers elle.

– Tu veux jamais, Anne. Tu pourrais être ma muse. Tu veux pas être ma muse ?

Il s'était arrêté, attendant une réponse à sa question.

– T'as bu, hein, Axel ?

Axel n'est pas Axel.

— Non, tu veux pas être ma muse.

Il voulut essuyer la coulure de sang qui prenait naissance sous son nez, mais utilisa son bras entaillé pour ce faire. L'instant d'après, Axel avait le bas du visage maculé de sang à la manière d'un guerrier ancestral, prêt pour l'affrontement.

— Elle m'a dit d'arrêter, fit-il. Notre-Dame-des-Ténèbres... elle veut me sevrer.

— Axel...

— Mais je peux pas, Anne... (Il haussa les épaules, l'air sincèrement désolé.) Je peux pas. Je vais perdre la...

Il quitta sa visiteuse des yeux, jeta un œil au mannequin décapité au centre de l'atelier.

Anne tenta de le déstabiliser.

— C'est qui Taïga, Axel ?

— Qui ça ?

Il revenait d'entre les morts. Ses yeux globuleux, son nez ensanglanté auraient permis à n'importe qui de comprendre qu'il s'était procuré de la cocaïne, faisant fi des exigences de Cam. *Tu vas partir avec elle,* avait énoncé celle qui le chaperonnait depuis des années.

— Taïga, reprit Anne. Il m'envoie... il m'a envoyé un *snuff.* (Elle se mit à sangloter.) C'était affreux...

Il s'avança jusqu'à elle et l'attrapa sous les bras. Il la remit sur ses pieds et l'observa pendant de longues secondes. *Ne pas enregistrer,* s'ordonna Anne, *ne pas enregistrer. Il est réel. Axel est réel. La fiction fait pas mal. La fiction fait pas mal. LA FICTION FAIT PAS MAL !*

— Tu vas être ma muse, Anne.

L'adolescente sentit au regard parcouru de veines de l'artiste qu'il était impossible de dire le contraire.

17

Parc industriel Frontenac

Pour la quatrième fois au cours de la dernière heure, le Président envoya un texto qui resta sans réponse de la part de sa fille.

Il n'avait pas le cœur à l'ouvrage, mais il s'était rendu au bureau. La mort de Tomas Ruiz l'avait secoué plus qu'il ne l'aurait cru. Ruiz l'avait épaulé en toutes circonstances, au cours des cinq dernières années. Et voilà que par la faute du Président, il était mort, ayant pris lui-même l'initiative d'aller seconder son patron dans le parc Victoria, au cas où les choses tourneraient mal avec Danielle.

Raison de plus pour honorer la promesse faite à Ruiz, celle que le Président avait consignée dans une annexe de son propre testament : à la mort de Tomas, qu'elle survienne avant ou après celle du Président, un don de cinq millions de dollars allait être viré de la fortune personnelle du Président à la mère de l'avocat mexicain, qui vivait dans le sud du Mexique. Esme Ruiz méritait bien la reconnaissance du Président pour les services rendus par celui que l'homme d'affaires québécois en était venu à considérer comme son propre frère.

• • •

En apercevant le nom inscrit sur l'écran, le Président ne reconnut pas le nom de celui qui l'appelait : Anthony Leroy.

– Est-ce que je parle au Président ? fit Leroy.

– Lui-même.

– Tomas Ruiz m'a donné ce numéro. C'est bon pour vous ou vous préférez m'appeler d'un autre appareil ?

– Je peux savoir à qui je parle ? fit le Président avec agacement.

– Vous avez demandé une enquête privée sur un dénommé Taïga.

Le Président sentit son cœur bondir dans sa poitrine. Il se carra sur sa chaise.

– Vous avez du concret ?

– On peut dire ça, oui.

– Vous avez son identité ?

– Ce serait peut-être à vous de me le dire, monsieur. Vous vivez seul ? Vous avez une femme, des enfants qui demeurent chez vous ?

– Je comprends pas...

– On a identifié l'adresse IP que Taïga utilise. C'est la même que celle depuis laquelle il a écrit à l'émission de télé pour vous narguer.

– Et... ?

– C'est la vôtre, monsieur.

Leroy marqua une pause.

– Taïga vous écrit depuis votre propre domicile.

• • •

La Mercedes du Président grilla un troisième feu rouge.

Il se servit du système mains libres et téléphona à Simone.

— T'as des nouvelles d'Anne? demanda-t-il.

— Non, elle n'est pas revenue. Son amie Sarah...

— Y a pas d'amie Sarah, putain! Elle t'a pas dit par où elle allait? Elle est partie à pied ou en autobus?

— En autobus... Elle a dit que... que Sarah vivait à Sillery. Je suis tellement désolée, P...

Il raccrocha et décida d'appeler DeSalvo.

— Vous avez du nouveau?

DeSalvo se râcla la gorge.

— Plus ou moins. Axel Dagenais a bel et bien un atelier dans Saint-Roch, rue Notre-Dame-des-Anges. J'ai frappé à la porte: aucune réponse.

— Vous avez défoncé?

— Je suis pas de la police, monsieur. J'ai pas le droit de...

— Vous avez trouvé où il demeure? s'impatienta le Président.

— Il a un appartement à Vanier, rue Beaucage. Pas de réponse là non plus.

— Merde...

— Si ça peut vous être utile, fit DeSalvo, j'ai approché le gestionnaire de l'immeuble. Il dit qu'il n'a pas vu le jeune depuis quelques jours.

Le Président rumina les informations de la dernière demi-heure. Anne pouvait-elle vraiment être allée chez Dagenais? Savait-elle où il demeurait? Elle parlait rarement de lui. *Mais quand elle le fait,* se dit le Président, *elle a des étincelles dans les yeux.* C'était Anne qui avait demandé à ce que le Président investisse pour convertir cet ancien bâtiment commercial du quartier Saint-Jean-Baptiste en musée pour artistes émergents. C'était elle qui avait suggéré que Dagenais soit au centre de la première exposition.

— Vous avez pensé à vérifier au *Drageon,* Carmella?

– Non, monsieur. Je me disais qu'il y a des employés, et que…

– Vérifiez.

– D'accord.

– Une dernière chose… Il y a quelqu'un à la maison aujourd'hui ?

– Solomon doit passer dans l'après-midi. Ça servait à rien ce matin, vu que personne n'est chez vous.

Le Président hésita puis posa la question qui lui chatouillait les lèvres.

– Vous vous souviendriez de tête de vos horaires de surveillance à Solomon, Décarie et vous ?

– C'est répertorié à l'agence, monsieur.

– Allez faire un tour au *Drageon,* ordonna le Président, et envoyez-moi le relevé de vos heures après.

– Il y a un problème ?

– On verra.

Taïga vous écrit depuis votre propre domicile, avait affirmé Anthony Leroy.

Or peu de gens étaient autorisés à entrer au domicile du Président. DeSalvo, Solomon et Décarie étaient de ceux-là.

• • •

La Mercedes ralentit au bout de la rue avant de tourner dans l'entrée.

À l'étage de la maison, l'éclairage était allumé dans la chambre d'Anne.

Le Président se rua à l'intérieur.

– Anne ? cria-t-il en traversant le hall et la cuisine jusqu'à l'escalier menant à l'étage. Anne, c'est toi, ma chouette ?

Il jeta un œil à la porte arrière en gravissant les marches. Le voyant lumineux du système d'alarme était vert. Il avait été désarmé. À part Anne, seuls DeSalvo et Solomon connaissaient le code.

Il se précipita dans la chambre.

– Anne ?

Il distingua un rai de lumière dans l'entrebâillement de la porte du cagibi de sa fille.

– Anne, mon Dieu, tu m'as fait peur... J'ai cru que t'avais...

En ouvrant complètement la porte, le Président aperçut ce qu'il y avait dans le cagibi. C'était bien Anne, mais il lui était désormais impossible de répondre à son père.

De toute façon, en hurlant son affliction comme il allait le faire dans les prochaines minutes, le Président n'aurait rien pu entendre.

La peau d'Anne avait été prélevée de son corps puis cousue de manière artisanale au dossier de sa chaise, dans une exhibition d'horreur qui n'avait d'égale que la tête de la jeune fille, qui retombait mollement sur sa poitrine, donnant à la sinistre composition des airs de poupée de chiffon sanglante.

Le Président se propulsa hors de la chambre de sa fille et, comme si cela s'était effectué au prix de son ultime effort, s'effondra dans le couloir. Il avait vu juste, la veille, en quittant le parc Victoria.

Peu importe ce qui lui arrivait dorénavant, sa vie était fichue.

18

Montchatel

Trois véhicules du SPVQ étaient stationnés à l'extrémité de la rue Duhamel, ainsi qu'un véhicule de la police scientifique. Les policiers circulaient dans la maison, certains pour vérifier des traces d'effraction, d'autres pour prendre soin du Président, d'autres encore pour inspecter la scène de crime qu'était devenue la chambre d'Anne.

Le bourreau qui avait assassiné la fille du Président s'était adonné à une tâche des plus lugubres, comme la police n'en voyait que rarement. Celui qui l'avait charcutée avait ouvert le corps par une longue incision dans le dos, maladroitement suturée à présent pour refermer la veste de peau sur la chaise afin de donner du tonus à ce pantin désarticulé que constituait ce qu'il restait de l'adolescente. D'autres sutures, encore humectées de sang frais, sillonnaient ce qui avait été le torse de la fille du Président. Rabattue sur la poitrine livide et couturée de fil noir, la tête d'Anne était une masse de cheveux hirsutes et ramifiés en tous sens, auxquels se mélangeait son propre sang. On ne pouvait qu'imaginer l'expression de la jeune fille tant la peau du visage était distendue et tuméfiée. L'assassin ne s'était pas même donné la peine de rembourrer les bras, dont la peau retombait mollement de chaque côté de la chaise comme des boyaux, eux aussi raboutés par le travail d'un monstrueux émule d'Ed Gein.

Assis au salon, le Président avait les yeux bouffis. Il avait déjà éclusé une demi-bouteille de Château de Montifaud, le cognac qu'il réservait habituellement pour les grandes occasions. Installés devant lui se trouvaient deux policiers, un homme et une femme, venus prendre sa déposition et tenter le mieux possible de le consoler.

— Racontez-nous le déroulement des dernières heures, si vous le pouvez, dit la jeune policière, une dénommée Manon Constant.

Que dire ? Les dernières heures avaient été marquées par l'angoisse et la paranoïa. C'était un terrain miné sur lequel le moindre faux pas pouvait mener à de nouveaux problèmes.

— J'étais au bureau, histoire de régler de la paperasse, de clore un dossier important, fit-il, encore larmoyant. Je m'inquiétais pour Anne, qui… qui était censée résider chez ma sœur pour quelques jours.

— Pourquoi devait-elle passer du temps avec elle ? s'enquit le policier, Sébastien Couture.

— C'est sa tante, asséna le Président, sans doute trop brusquement. Elle a le droit de passer du temps avec sa tante, quand même ?

— C'est pas ce qui est arrivé ? demanda l'agente Constant.

— Elle a découché.

— Vous avez une idée de l'endroit où elle a pu aller ?

Il réfléchit. Il repensa aux révélations de Carmella DeSalvo. Elle avait trouvé l'appartement et l'atelier d'artiste d'Axel

Dagenais déserts. Cela ne signifiait pas pour autant qu'Anne n'était pas avec lui.

– Ma fille n'a… n'avait pas vraiment d'amis, à l'exception d'un jeune… Axel Dagenais. Mais…

– On va vérifier de son côté, affirma Couture.

Vous allez perdre votre temps.

– Il se tient à la place D'Youville, indiqua le Président. C'est là que ma fille l'a connu.

– Est-ce que ce garçon connaissait le code du système d'alarme ? demanda Couture.

– Non. On était cinq… quatre à le connaître, fit le Président, qui se rappela que Tomas Ruiz ne faisait plus partie du cercle intime.

– Ma fille et moi, en plus des agents de sécurité.

– Ils étaient là, ces dernières heures ?

– Non.

Le Président vit dans le regard des policiers que le témoignage des agents de sécurité allait être passé au crible, lui aussi. Il se remémora ce qu'il avait exigé de DeSalvo : le relevé de leurs heures de travail. Il se garda de le mentionner aux policiers : s'il était une chose que le Président pouvait encore faire, c'était mener sa propre enquête sur les récents événements. Il y avait fort à parier que celui qui incarnait Taïga était également le meurtrier de sa fille. Cette simple formulation dans son esprit, *le meurtrier de sa fille,* affligea le Président d'une nouvelle vague de spleen. Sa petite fille… sa pareille, l'appelait-il parfois… Anne était dotée d'une force qui venait de lui, croyait-il. Elle avait surmonté ses démons personnels, au tournant de l'adolescence : elle s'était trouvé une furieuse passion qui s'épanchait dans la littérature… Anne ne pouvait pas avoir survécu aux idées noires et à la mort tragique de sa mère pour sombrer ainsi, aux mains d'un psychopathe qui avait fait d'elle… l'avait transformée en…

Il ferma les yeux, sachant que les jours, les semaines, les années à venir allaient être vains. À quoi lui servait-il maintenant de diriger Pyro ou d'entretenir des ambitions politiques ?

Il se leva pour se verser un nouveau verre de cognac.

– Vous devriez pas, monsieur… fit l'agente Constant.

Le Président laissa filtrer un rire sarcastique.

– Il me reste pas grand-chose à part la buvette.

Il avala une longue rasade et dévisagea les deux policiers. Pour peu, on aurait juré qu'il était déjà passé à autre chose, en mode solution, conscient de ce qui attendait tout le monde dans les prochaines heures.

– Je serais vous, dit-il, j'insisterais du côté de Dagenais. Je l'ai jamais vraiment senti, lui…

Il se rassit et sembla illuminé d'une idée nouvelle.

– Vous pensez qu'Anne pourrait avoir elle-même fait le code pour faire entrer Dagenais, si elle était accompagnée ? Ça expliquerait que vous trouviez pas de signe d'effraction…

– Monsieur… (Les policiers prirent un air contrit.) Anne n'a pas été tuée ici. D'après ce qu'on… ce qu'on *voit* dans sa chambre, celui ou celle qui l'a tuée a agi ailleurs.

Consterné, le Président n'avait pas considéré cette possibilité, mais elle était bien réelle. Et du coup, il fut pris de nouveaux sanglots en imaginant ce que l'assassin pouvait bien avoir fait des restes de sa fille, lui qui n'en avait que pour sa peau et son scalp.

– Sébas'… fit une voix en provenance de l'escalier menant à l'étage.

L'agent Sébastien Couture s'excusa auprès du Président et alla retrouver celui qui l'avait hélé.

– Vous avez des enfants, agente Constant ? s'informa le Président.

Il lampa la dernière rasade que contenait son verre, mais il ne faisait aucun doute qu'il allait refaire le plein.

– Non. Mais j'imagine bien votre souffrance. Vous avez quelqu'un chez qui vous pourriez résider, le temps que les choses se tassent ici ?

– Ma sœur est une grenouille de bénitier. *Born again*, qu'ils disent en bas, fit-il en esquissant un mouvement vers le sol qui désignait les États-Unis. L'alcool commençait à faire son effet.

– Je vais devoir vous demander d'arrêter de boire, monsieur. C'est le mieux que vous puissiez faire pour...

– Moi, je vais vous demander d'aller vous faire mettre, répliqua le Président. Ma fille vient de mourir. Elle a probablement souffert le martyr.

Il réprima un sanglot. Ses yeux exprimaient à la fois douleur et fureur.

L'agent Couture regagna le salon, visiblement mal à l'aise, et invita Constant à s'entretenir avec lui dans le vestibule. Derrière eux, le Président versa ce qu'il restait du Château de Montifaud dans son verre, qu'il vida d'un trait.

– Monsieur... l'interpela Couture. On vous invite à nous accompagner.

– Vous accompagner ? fit le Président, presque guilleret. Y a de l'alcool, là où vous m'amenez ?

– On a besoin de parler, monsieur, fit Constant. On sera mieux au poste.

– Au poste ?

– Oui, acquiesça Couture. La mort de votre fille n'est peut-être pas la seule chose dont il faut qu'on parle.

• • •

Saint-Roch

Dégriser avait laissé au Président une gueule de bois lancinante. En constatant que son état s'était amélioré, le préposé à l'accueil sortit quérir ceux qui avaient envie de discuter avec le magnat des affaires. L'homme revint accompagné de deux policiers sans uniforme.

– Je vous invite à nous suivre, monsieur le Président.

En apercevant le miroir sans tain, le Président ricana de mauvaise foi.

– On se prépare à un interrogatoire ?

– On veut juste vous poser quelques questions, le rassura un des deux enquêteurs, qui l'invita à s'attabler devant lui et son collègue.

– Et j'ai affaire à... ?

– Sergent-détective Yves Bédard. Mon collègue, ici, est le sergent-détective Guy Melançon. Comment vous portez-vous ?

– Pouvez-vous me dire quelle heure il est ? demanda le Président, visiblement confus.

– Il est près de 16 heures, répondit Bédard. Ça va aller ?

– Posez vos questions. J'ai juste envie d'aller me coucher et de me réveiller dans dix ans...

– On peut vous trouver un psychologue, si vous voulez.

– J'en ai un. Ma fille en avait un, en fait...

Le Président se renfrogna, encore inhabitué à parler d'Anne au passé.

– Avez-vous un avocat, monsieur le Président ? lança Melançon, celui des deux enquêteurs qui était manifestement chargé de passer à l'aspect technique de la conversation.

– J'en avais un... pourquoi ?

– Certaines choses ont été portées à notre attention. Je sais que le moment est très mal choisi, mais vous comprendrez que c'est une matière assez... délicate, et qu'il n'y a pas vraiment de bon moment pour discuter de...

– Qu'est-ce qui se passe ?

Le Président semblait être redevenu sobre d'un coup.

– Est-ce que le nom d'Isabelle Pouliot vous dit quelque chose ?

Le Président sentit une boule d'acier dévaler de sa gorge jusqu'au creux de son estomac.

– Pourquoi, ça devrait être le cas ?

– Répondez à la question, monsieur le Président.

– Non.

– Non, vous ne la connaissez pas ou non, vous ne voulez pas répondre ?

– Je connais pas d'Isabelle.

– C'est pourtant un prénom très commun, objecta Melançon. On comprendrait que vous la confondiez avec une autre...

– Je la connais pas, je vous dis.

– Bianca Cavallo... lança Bédard. Ça évoque quelque chose, pour vous ?

Le Président s'adossa à sa chaise, soudain nauséeux.

– Je pourrais... aller... je pense que je vais vomir...

– Répondez à la question, s'il vous plaît. On vous amènera aux toilettes après, dit Melançon.

– Qui, vous dites ?

– Bianca Cavallo, répéta Bédard.

– Non... C'est pas possible. C'est pas possible ! explosa le Président. Ma fille a été mutilée il y a même pas douze heures, et vous êtes en train d'essayer de me coller des meurtres sur le dos ?

– Qui vous a parlé de meurtre, monsieur le Président ?

Yves Bédard dévisageait calmement l'homme d'affaires.

– J'ai besoin d'un avocat, décréta le Président.

– C'est une bonne idée, approuva Melançon, parce qu'on n'a pas fini de se parler, je crois. Prenez le temps de vous remettre de vos émotions. Prenez une douche, essayez de dormir…

– Essayer de dormir ? s'offusqua le Président.

– … changez-vous les idées. Contactez un avocat, surtout. Et restez disponible.

La demande était dirimante.

– Vous êtes… une espèce de sans-cœur ! lança le Président.

– Vos mots dépassent votre pensée, monsieur, fit Bédard. On comprend. On va se reparler quand vous serez plus posé.

– Plus posé ? Je serai *pas* posé, c'est compris ? Ma fille a été assassinée, et tout ce que vous faites, c'est de me faire jouer aux devinettes ! Le tueur est probablement encore en liberté, merde !

Il fut frappé d'une idée.

– Avez-vous trouvé Dagenais ? L'avez-vous interrogé ? Lui avez-vous demandé s'il connaissait Isabelle Machinchouette et Bianca Pouliot ?

Les enquêteurs durent demander l'aide de deux collègues.

À quatre, ils finiraient bien par escorter le Président hors du poste de police.

• • •

Une fois dehors, le Président se sentit seul au monde.

Puis il vit, de l'autre côté du parking, le parc Victoria et se repassa la scène de la veille. Une idée impromptue lui traversa l'esprit. Lorsque Dani avait tiré sur Ruiz, le Président n'avait pas entendu de détonation : le coup n'avait produit qu'un sifflement. Le fusil de Dani était muni d'un silencieux.

Détail auquel le Président aurait pensé s'il avait eu l'intention d'utiliser son arme en public, qui plus est à proximité du poste de police.

19

Montchatel

En ouvrant la porte avant, il prit conscience que c'était la première fois qu'il rentrait à la maison sans famille.

C'était aussi la première fois qu'il ressentait la peur le tenailler de l'intérieur. Il n'osa pas monter à l'étage. S'il dormait – il y avait peu de chances que cela se produise –, ce serait sur le divan du salon.

Il ne se donna pas la peiner d'allumer. Cette maison le répugnait, à présent.

Il devait en avoir le cœur net. Pourquoi Dani avait-elle eu le réflexe d'apporter son arme à feu, dans le parc ?

Elle a toujours le Walther avec elle, s'entendit-il réfléchir. *C'est un jouet sexuel.*

Mais ils avaient rendez-vous dans un parc public, pas dans une chambre de motel !

Elle voulait te tuer.

Non. Si telle avait été son intention, elle l'aurait fait avant l'arrivée de Ruiz.

Il l'a prise par surprise. Son arrivée n'était pas prévue.

Il lui envoya un texto. Il lui fallait savoir. Pourquoi le silencieux sur le pistolet ?

Quelque chose égratigna la fenêtre de la cuisine à l'arrière de la maison, ce qui fit sursauter le Président. La fatigue le rendait sensible.

• • •

Dix-huit minutes depuis le texto et Dani n'avait pas répondu. Elle l'avait habitué à plus de promptitude.

Et si on l'avait arrêtée ? Peut-être même qu'elle s'est livrée à la police ? Dani avait conseillé au Président de filer, lui disant qu'elle allait gérer. *Tu crois ça, toi ? Elle aurait appelé la police ?* Dani était une femme indépendante, rebelle, intrépide : elle ne devait rien à personne. Surtout pas au Président. *Elle a fiché le camp. Elle t'a laissé t'enfuir pour se donner bonne conscience et elle est partie, elle aussi. Elle a laissé Tomas tout seul dans le parc.*

Impossible. Ruiz avait été transféré à Saint-François-d'Assise. DeSalvo avait eu la confirmation de son décès, qu'elle avait annoncé au Président immédiatement après.

Le Président résista à la tentation d'écluser une nouvelle bouteille. Cette fois, il composa le numéro de Dani. La sonnerie retentit huit fois. Neuf. Douze. Quinze. En vain. Pas de boîte vocale.

Un craquement à l'étage. Les maisons cossues comme celle du Président ne se plaignent pas, lors des changements de saison.

— Il y a quelqu'un ? hurla-t-il.

Bien sûr que non. Il devenait complètement parano.

Une idée fusa dans son esprit. Le chalet ! Il avait conservé quelque part, parmi ses contacts, le numéro du chalet qu'avait construit le père de Dani, là où ils s'étaient vus, quelques jours auparavant. C'était la dernière fois qu'ils avaient baisé.

Il composa le numéro. Encore une fois, les sonneries s'alignèrent.

Nouveau bruit à l'étage. Un coup d'œil à l'extérieur confirma au Président que le vent s'était levé, un vent d'automne qui entraînait à tout va les restes de l'été.

Serre-moi.

La voix était apparue comme de nulle part. *De l'étage.*

En face de la maison, le lampadaire éclairant le cul-de-sac où s'étaient massés des heures plus tôt les véhicules de police oscillait au rythme des saccades de vent. Dans le halo de lumière tombant du lampadaire, on distinguait des stries obliques indiquant que la pluie s'était mise à tomber.

Après huit sonneries, un déclic : Dani allait enfin daigner lui parler. Elle s'était terrée dans ce chalet de Valcartier.

Erreur. C'était le déclenchement d'un répondeur téléphonique.

La voix était masculine. Mais pas inconnue.

« *Vous êtes chez Guylaine et André. Laissez un message et on vous rappelle bientôt.* »

Le Président retira l'appareil de son oreille, comme si ce simple mouvement pouvait l'exonérer du mal qui se tramait autour de lui. Comme si la voix dans le combiné était sale.

Celle d'André Delorme.

L'image se précisait devant ses yeux, comme si ces derniers s'accoutumaient à la noirceur et parvenaient à déceler ce qu'on avait caché tout ce temps dans l'obscurité.

Le chalet de Valcartier n'appartenait pas à la famille de Dani. Peut-être même que Dani n'avait pas de famille.

Le Président avait baisé Dani dans le chalet d'André Delorme.

Est-ce que Dani et Delorme étaient de mèche ? Pire : Dani avait-elle éliminé Delorme comme elle avait éliminé Ruiz ?

Il raccrocha, incapable de joindre Dani. Voilà qu'elle n'existait plus. Elle l'avait trompé, lui avait menti. Avait disparu dans la brume après avoir tué le meilleur ami du Président.

Une nouvelle fois, il perçut cette même voix, en provenance de l'étage. *Serre-moi.* Il en reconnut le timbre.

C'était la voix d'Anne.

Il fallait foutre le camp de cette maison.

20

Sainte-Foy

Simone trouva le Président sur le pas de sa porte, penaud, blême, cerné jusqu'au cou. « Je suis si désolée... » dit-elle en le prenant dans ses bras. Ils pleurèrent en silence pendant de longues minutes, se serrant l'un contre l'autre, retrouvant la chaleur de leur enfance, du temps où le Président n'était qu'un gamin qui ne savait que peu de choses de la vie et qui avait besoin que sa sœur aînée lui apprenne comment pensaient les filles.

Elle lui offrit de rester aussi longtemps qu'il le faudrait. Ils parlèrent d'Anne – les lèvres tremblantes, le cœur lourd. Le Président évita d'apprendre à sa sœur qu'une partie de sa fille – ce qui vivait sous sa peau – ne lui avait pas été rendue, que quiconque l'avait assassinée avait sans doute disposé des restes et que la police allait les retrouver dans quelque temps, ce qui allait immanquablement rouvrir les plaies. Au moins, se dit-il, Démie n'avait pas à subir ce calvaire.

Simone préparait du café lorsque les stores du salon se couvrirent de rouge et de bleu. Dès qu'on frappa à la porte, le Président devina qu'il allait trouver des policiers de l'autre côté.

Ce qu'il anticipait moins, c'était qu'on était venu lui passer les menottes.

– Vous avez le droit d'appeler un avocat et de garder le silence, fit un des policiers.

Le Président opta pour la seconde possibilité, mais force était d'admettre que c'était surestimer sa capacité à rester vraiment silencieux jusqu'à ce qu'il trouvât un avocat.

Car une fois au poste, on le soumit à une séance vidéo qu'il n'avait pas prévue.

D'abord, on lui imposa le visionnage d'un clip montrant un homme qu'il ne connaissait pas. Les policiers le nommèrent Max Bernard. L'homme entrait puis sortait du motel Olympia. Une scène aussi banale et apparemment sans intérêt servit de prétexte aux enquêteurs pour accuser le Président de tentative de fabrication de preuve, compte tenu de la piètre qualité du trucage.

– Quoi ? Ben voyons ! Je sais pas de quoi vous parlez !

Un des enquêteurs lui présenta un document.

– C'est bien votre numéro, ça, monsieur le Président ?

Ce dernier reconnut le numéro de son téléphone portable.

– Quel est le rapport ?

– Le rapport, c'est que vous avez téléphoné à Samuel St-Amant le 13 octobre à 15 h 18.

– Qui ?

Le Président plissa les yeux. La lumière était trop forte.

– Samuel St-Amant. Il a été arrêté quelques fois pour recel de matériel informatique, vidéos illégales… Vous lui avez demandé de fabriquer une fausse preuve.

– Une fausse preuve de quoi ?

On lui présenta ensuite le clip qu'avait reçu Anne de la part de Taïga, celui dans lequel le Président agressait Isabelle Pouliot.

– Qui vous a envoyé ça ? hurla le prévenu.

Au lieu de répondre, les policiers infligèrent au Président une troisième séance de visionnage, celle qui allait le convaincre pour de bon de solliciter les services d'un avocat.

Dans le dernier clip, on voyait le Président agresser sexuellement et violenter une femme qu'il ne reconnut pas sur-le-champ. Lorsque la victime s'approcha suffisamment de la caméra cachée pour qu'on remarque son visage, le Président nota son oreille à moitié coupée.

Dani.

Le décor était celui du chalet de Valcartier – la seconde résidence d'André Delorme.

– Vous pouvez appeler qui vous voulez, fit un des enquêteurs. Mais si j'étais vous, je m'attendrais pas à des miracles. Tentative de fabrication de preuve, en plus de deux plaintes pour agression…

– Deux ? De quoi vous… Il y a une erreur… La dernière… C'était un jeu… Dani…

Les enquêteurs se regardèrent. Le Président semblait avoir formulé un mot magique.

– Que vous ayez agressé, battu sévèrement une jeune prostituée, c'est déjà un crime, lança un des enquêteurs. Mais que vous ayez en plus battu et violé une ancienne policière… Vous vous attirez de sérieux problèmes, monsieur le Président.

– Ancienne policière ?

Un des enquêteurs mit le dernier clip sur PAUSE et pointa le visage de Dani.

– Danielle Camirand a travaillé pour la SQ. Mais si vous l'appelez Dani, j'imagine que vous la connaissiez bien.

Troisième partie

Tant elle est effroyable

1

Centre de détention d'Orsainville

Elle portait un tailleur anthracite et des souliers plats, dont la couleur – noire – ne se démarquait en rien, exception faite qu'elle rappelait la monture sans originalité de ses lunettes, de même couleur. Ses cheveux relevés en un chignon maintenu en place par une barrette, noire elle aussi et des plus génériques, laissaient croire qu'elle souhaitait soustraire le plus possible toute trace de féminité pour aller à la rencontre de son client. Dans des circonstances différentes, le stratagème aurait produit l'effet contraire chez lui.

Delphine Poulin exerçait en droit pénal depuis dix ans – c'est la première chose qu'elle souligna à grands traits en serrant la main du Président. Sa poigne était froide et moite, mais ferme. C'était Tomas Ruiz qui avait parlé d'elle au Président, quelques années auparavant, recommandant chaudement sa candidature si jamais son patron avait besoin d'une avocate criminaliste.

– Ça va comme vous voulez ? lui demanda-t-elle.

– C'est une question sérieuse ?

– Je parle de vos conditions de détention.

Elle ne plaisantait pas. Compte tenu de la nature des crimes dont on allait l'accuser et du caractère accablant de certains éléments de preuve, il avait été convenu que le Président serait détenu jusqu'à son procès.

Il haussa les épaules.

– J'aurai le droit d'assister aux obsèques de ma fille, au moins ?

– On fera en sorte que oui. Je suis ici pour qu'on parle de votre défense à venir. Il faudra que vous me racontiez tout.

Depuis qu'ils s'étaient serré la main, l'avocate ne lui avait adressé aucun autre regard.

– Vous avez envie de me défendre, au moins ? lança-t-il.

Elle sourit, mécaniquement, mais ne le regarda toujours pas.

– Le travail n'a pas toujours à voir avec les envies, monsieur le Président.

Il croisa les bras et s'adossa à sa chaise.

– Êtes-vous seulement capable de croire ce que je vous dirai ? De vous convaincre que je suis pas le salaud que vous pensez avoir devant vous ?

Cette fois, maître Poulin posa les yeux sur lui. Ils étaient d'un brun foncé, sans éclat particulier, mais teintés de malice et d'une franchise à toute épreuve. Elle déposa son crayon et croisa les doigts.

– Je sais ce que vous êtes en train de vous dire. Vous croyez que je vais saboter l'affaire parce que je suis une femme et que vous avez agressé des femmes. Vous vous demandez si j'ai l'étoffe pour défendre quelqu'un de votre stature. Je ne vous blâme pas. Combien de femmes avez-vous nommé dans l'organigramme de votre compagnie pour qu'elles vous prouvent ce qu'elles ont dans le ventre ?

Le Président décroisa les bras et posa les mains sur la table qui le séparait de Poulin. Derrière la porte métallique à grillage, le gardien observait périodiquement le prévenu et son avocate.

— Je ne suis pas ici pour vous divertir, reprit-elle, pas plus que pour rehausser l'estime que vous avez de vous-même. Tandis que je vous parle, vous cherchez probablement à deviner la couleur des sous-vêtements que je porte sous ce tailleur. C'est à ça que m'ont habituée les hommes comme vous...

— Les hommes comme...

— ... mais écoutez-moi bien, monsieur le Président. Au cours des prochaines semaines, je serai la femme que vous aimerez le plus au monde, parce que je ferai en sorte de vous sauver la peau. Je ne suis pas magicienne, mais je connais quelques trucs qui pourraient vous éviter des ennuis. D'ici le procès, vous vous tenez tranquille, vous écoutez ce qu'une mégère de mon espèce a à vous conseiller et, pour une fois, vous évitez de penser à ses petites culottes quand elle vous parle. On se comprend bien ?

Le Président ravala ce qu'il lui restait d'orgueil et hocha la tête.

— Parlez-moi de la première victime. Quelle est votre relation avec Isabelle Pouliot ?

— Inexistante, asséna-t-il. Elle ne représente rien pour moi.

— Faudra éviter de dire ça, répliqua maître Poulin. Autrement, ce qu'on a trouvé chez vous risque encore plus de vous compromettre.

— De quoi vous parlez ?

— De ça.

Poulin glissa sous les yeux du Président une photo que la cour comptait joindre au dossier des preuves.

– Qu'est-ce que…

– De la lingerie fine, précisa Poulin. Les tests ADN prouvent que ces pièces à conviction ont été portées par Isabelle Pouliot et Danielle Camirand. Ça ne vous dit rien ?

– Pas du tout ! J'ai jamais pris ça dans mes mains… Je veux dire…

Poulin referma le dossier qu'elle avait devant elle.

– Écoutez-moi. (C'était la seconde fois qu'elle l'exigeait.) Je saurai peut-être vous rendre *presque* sympathique devant le jury. Vous préféreriez un de mes collègues bedonnants et vieux pervers ? J'en connais un ou deux… mais ils viennent accompagnés d'une bonne dose de préjugés défavorables auprès des femmes qui vont constituer le jury. Faites-moi confiance.

Le prévenu tenta de se calmer.

– Vous avez perdu votre fille, ajouta l'avocate, j'en suis consciente. Vous avez ma sympathie, je vous assure. Mais ce ne sont pas vos doléances de père en deuil qui vous sortiront d'ici ou qui allégeront votre peine.

– Vous pensez que je vais écoper d'une longue sentence ?

– Ce que je pense n'a aucune importance, déclara Poulin. La lingerie en dentelle, vous jurez que ce n'est pas vous qui l'avez rapportée ?

– Non ! aboya le Président. C'est pas moi ! J'aurais jamais fait quelque chose d'aussi…

– Incriminant ? fit Poulin. Ouais, je m'en doute. On n'arrive pas à votre niveau sans être calculateur. Ça pourrait être à notre avantage d'en parler, si on joue bien nos cartes. (Elle gribouilla quelques notes dans le calepin dont elle s'était munie pour l'entrevue.) Dans ce cas, monsieur le Président, *qui* ? Qui aurait pu planquer les sous-vêtements chez vous ?

– Dagenais, sans doute.

— L'artiste que vous avez soutenu ? Pourquoi aurait-il fait ça ?

— C'est lui qui a tué ma fille, affirma le Président sans la moindre hésitation.

— La police n'en a encore aucune preuve, mais admettons que ce soit lui... et je m'excuse, je serai brusque... vous pensez qu'il n'aurait pas pu se contenter d'abandonner chez vous le corps de votre fille ? Qu'il avait en plus besoin de vous laisser ça ? fit l'avocate en désignant la photo sur la table. Faudra faire mieux que ça.

— Dites donc, vous êtes avocate ou enquêtrice, merde ?

— Je suis votre avocate, et c'est pourquoi si je vous demande de quelle couleur était votre caca du matin, vous allez me le dire et être reconnaissant que je vous le demande. Je ne vous représente pas *pro bono*, monsieur. Dans quelques jours, je serai la cible numéro un des féministes et de tous ceux qui jugent qu'on devrait vous enfermer sans le luxe d'un procès. (Elle inspira profondément et reprit contenance.) Dagenais... il connaissait le code du système d'alarme ? Les policiers disent que celui qui est entré l'a fait sans effraction.

— Il aurait pu. Anne le connaissait.

— Je mettrai quelqu'un là-dessus, fit Poulin. Il faudra passer en revue tous ceux qui auraient pu fournir le code ou le glaner à votre insu.

Le Président eut une pensée pour son amante. Dani n'était jamais allée chez lui, mais manifestement, elle l'avait dupé.

— Danielle Camirand... Elle aurait pu manigancer pour connaître le code. C'est elle qui m'a piégé. La vidéo du... du viol, fit-il, mal à l'aise... C'est une simulation. J'ai essayé de la joindre...

— Ça aurait été une erreur ! s'indigna Poulin. Essayez de contacter votre victime et on vous accusera en plus de vouloir la faire chanter.

– Allez, c'était un jeu ! On était amants depuis des mois, elle était aussi excitée que moi. C'est elle qui m'a proposé de la violenter un peu.

– À partir de maintenant, monsieur le Président, vous allez éviter de prononcer dans la même phrase les mots *viol* et *jeu*.

– Vous avez demandé la vérité, je vous la donne. Je savais juste pas qu'elle allait me filmer. D'ailleurs, pourquoi j'aurais accepté ça ?

– Donc madame Camirand vous aurait piégé, c'est ce que vous dites ? Il faudra beaucoup de travail pour faire gober ça au jury. J'ai visionné le clip plus d'une fois, et la scène a l'air bien réelle.

Le Président soupira, désespéré.

– Il faut trouver...

– Pourquoi Danielle Camirand aurait-elle cherché à vous piéger ? demanda Poulin, l'air sérieusement intéressée. Vous étiez amants, non ? Elle voulait vous faire chanter ? Vous vous étiez disputés ? Elle voulait plus de place dans votre vie ?

– Je sais pas. Je sais plus. Je sais même pas si je la connais tant que ça.

Il repensa au soir où elle avait tiré sur Tomas Ruiz, à la préméditation qu'il soupçonnait à présent dans le geste. Dani avait disparu depuis, probablement en fuite. On n'aurait peut-être pas son témoignage au procès, mais il était vrai que les images étaient compromettantes...

– Elle m'avait dit qu'elle s'appelait Danielle Campagna, qu'elle était secrétaire.

Poulin secoua la tête.

– Pour le peu que j'en sais, Danielle Camirand est considérée comme une héroïne par ses anciens collègues. Il semble qu'elle aurait participé à une descente dans une affaire de drogue et que l'affaire aurait mis fin à sa carrière.

Le Président songea à l'oreille à moitié coupée de Dani, à la fureur quasi animale avec laquelle elle avait camouflé son handicap avec ses cheveux, lorsqu'il l'avait remarqué la première fois.

– Pour tout vous dire, reprit le Président, il y a à la maison autre chose qui paraît assez mal…

Il lui raconta ce qu'il avait découvert en démontant la bague fabriquée par Dagenais. Poulin écarquilla les yeux et en oublia pendant quelques secondes de noter tout ce qu'il relatait.

– Il faut absolument retrouver Dagenais, statua-t-elle en se levant pour partir. Il sera difficile de démontrer que vous avez agressé Isabelle Pouliot et Danielle Camirand avec leur consentement. Les vidéos vont marquer les membres du jury, et ça, c'est mauvais pour nous. Mais prouver que Dagenais est non seulement l'assassin de votre fille mais qu'il vous a aussi nargué avec la bague et peut-être les sous-vêtements, ça ne pourrait pas faire de mal. Qui sait, ça pourrait peut-être faire en sorte que certains vous prennent en pitié.

– Je veux pas de pitié, protesta le Président. Les impuissants s'abreuvent de la pitié.

– Désolée d'être celle qui vous l'apprend, monsieur le Président, mais vous faites désormais partie des impuissants.

2

Saint-Jean-Baptiste

Cam avait laissé un message dans sa boîte vocale deux jours plus tôt. « *Il est temps de t'affranchir, Axel. T'as plus besoin de ta laisse.* »

Elle lui avait communiqué l'endroit et l'heure. Elle allait s'assurer que la voie soit libre et les étoiles alignées.

Parce qu'il lui manquait la moitié d'une oreille, Cam parlait plus qu'elle n'écoutait, s'était persuadé Axel Dagenais. Mais cette fois, il avait envie de savoir ce qu'elle avait à lui dire.

• • •

Il passa par la rue D'Aiguillon puis se faufila dans une ruelle étroite en longeant un édifice de brique tatoué de graffitis qui ressemblaient à des symboles cabalistiques. Même à 4 heures du matin, le quartier refusait de se reposer. Un homme racolait, à quelques dizaines de mètres, s'attirant l'ire de passants manifestement pas intéressés par ses avances homosexuelles. Axel déboucha sur l'arrière du bâtiment qu'il visait.

Si tout était comme l'avait prévu Cam, la porte arrière du *Drageon* était déverrouillée, le système d'alarme désactivé. *Comment Cam pouvait-elle avoir accès à cet endroit et en désarmer le système d'alarme?* se demanda l'artiste. Il douta soudainement du bien-fondé de sa venue. La dernière fois que Cam l'avait convoqué pour une de leurs barbantes rencontres obligées, Axel l'avait ignorée. Il en avait assez de ce lien invisible mais bien réel avec cette femme qui profitait de lui et de ses contacts du monde interlope: une *junkie* comme d'autres, mais nettement plus agressive.

Il avait fait ce qu'elle exigeait. Il s'était rapproché d'Anne, avait tenté de se rendre séduisant à ses yeux. Mais la fille du Président n'avait rien à faire, apparemment, d'un raté comme lui. Bien sûr, elle vantait son talent, se montrait intéressée par ce qu'il confectionnait lors de ses phases intenses de création; mais s'enticher d'un garçon comme lui? Pas question. Axel Dagenais n'était pas assez bien pour une fille de millionnaire.

Alors il l'avait fait payer. Elle s'était jetée dans la gueule du loup en allant à sa rencontre.

La dernière fois qu'il avait posé les yeux sur elle, Anne était sanguinolente, cousue de partout, abandonnée chez elle. Axel gardait un souvenir flou de cette transe qui l'avait mené à l'impensable. Il n'en était pas particulièrement fier; pour tout dire, il flippait à l'idée d'être un assassin. Depuis le meurtre, il avait cédé; ses dealers s'étaient réjouis qu'il rechute. Remontez à la surface et la chute ne sera que plus profonde, disait-on. C'était une triste vérité pour Axel: depuis qu'il avait charcuté Anne, il avait délaissé la coke au profit de l'héro. La chaleur dans ses veines engourdissait sa culpabilité, brouillait les réminiscences de sa folie sanguinaire, qui se manifestaient par intermittence, dans des flashs raréfiés par le *horse* qu'il avait commencé à s'injecter depuis quelques jours.

Sauf que ça ne faisait sans doute pas partie du plan échafaudé par Cam. Quel était ce plan, d'ailleurs ? Elle ne l'avait jamais dévoilé à Axel. Elle lui aurait pourtant bien dû des explications, non ? Voilà des années qu'elle le manipulait, le faisait chanter, alors que lui-même aurait pu la dénoncer, l'ex-policière devenue *junkie*.

Il tâta la poignée, hésitant, puis ouvrit. Il attendit cinq secondes, dix, quinze : aucun son.

Parce que l'exposition initiale du musée lui était consacrée, Axel avait converti le sous-sol du *Drageon* en atelier secondaire. Il y avait entassé des objets qu'il n'aurait jamais pu se permettre d'installer dans son atelier de Saint-Roch. Des mannequins, certains étêtés, d'autres rendus manchots par les besoins de ses expériences. La vaste salle ressemblait à un hommage aux poupées désarticulées de Hans Bellmer.

Surtout plongée dans l'obscurité comme en ce moment.

– Approche, Axel.

La voix avait retenti depuis le fond de la pièce. C'était celle de Cam, mais elle recelait un aspect transformé, comme lointain. Il avança avec prudence. Avoir fait faux bond à Cam tandis qu'elle l'attendait dans l'église à moitié détruite du chemin Sainte-Foy pouvait avoir nourri la hargne de cette femme imprévisible. Sur sa gauche, Axel heurta un torse privé de bras et dont la tête accueillait une tignasse d'un tissu unique coulant jusqu'au milieu du dos : Alvin, reconnut Axel, un mannequin que l'artiste avait conçu afin de confier à son crâne une chevelure constituée de peaux de tamias rayés cousues ensemble. Axel avait patiemment accumulé les petits animaux au cours des deux dernières années. Il avait soutiré le sang d'un bon nombre d'entre eux, dont il avait maquillé le visage d'Alvin, mais la pièce maîtresse était cette perruque en peaux de tamias, des plus organiques.

— Il était temps qu'on se voie, tu trouves pas ? fit Cam.

Entre elle et lui s'élevaient une demi-douzaine d'autres mannequins qui auraient donné la frousse aux plus couards. Axel progressa vers le fond.

— Tu vas me libérer, maintenant, dit-il.

Il aperçut la silhouette de Cam, appuyée contre le mur du fond. Immobile, elle attendait qu'il vienne vers elle.

— On va s'expliquer, Axel. Ensuite, tu vas t'en aller et plus jamais revenir.

Cette même voix sourde, comme si Cam parlait dans un seau de métal. L'effet de l'héro se dissipait lentement, mais Axel pouvait sentir son cœur battre la chamade dans ses tempes. Cam s'était présentée comme prévu. Tout allait bien. Avant le soleil du matin, il serait affranchi, ne lui devrait plus rien et pourrait foutre le camp à Montréal en attendant d'organiser son transfert à Toronto, puis à Vancouver. On ne le reverrait plus ici, mais il fallait agir vite, avant que la police ne relie les points et ne découvre qu'il était l'assassin de la fille de son tout-puissant mécène.

Un grésillement, sur sa droite — comme si on allumait les néons —, le fit sursauter. Axel heurta un nouveau mannequin, qui tomba à la renverse dans un fracas qui n'augurait rien de bon pour quiconque souhaitait faire profil bas avant sa fuite.

— Cam… dit-il. Fais ça vite, OK ?

— Ça va aller, répondit-elle.

Axel ne remarqua pas sur-le-champ ce qui n'allait pas dans le décor. Il pivota, chercha à observer ce qui se déroulait autour de lui, mais l'effet était quasi hypnotique. Autant de mannequins s'élevant comme des créatures inertes en attente de prendre vie.

— Ça va aller, répéta-t-elle.

Cette fois, il comprit.

Cam l'attendait contre le mur du fond. Or sa voix provenait d'un autre endroit, d'un point éloigné à la droite du jeune homme.

– Qu'est-ce… Cam… ? Tu fais quoi, merde ?

La drogue était-elle si puissante qu'Axel hallucinait ?

Il arriva à sa hauteur, l'agrippa par les épaules. Cam ne bougea pas, se raidit pour lui résister. Ou du moins c'était ce que semblait incarner le mannequin qu'avait empoigné Axel au bout de son parcours.

Du mouvement provint du côté gauche, un sifflement rauque qui força Axel à pivoter. Il eut à peine le temps de voir arriver le poing qui s'abattit contre sa tempe. L'artiste s'affala contre le mannequin qu'il avait pris pour Cam, le prenant à bras-le-corps pour l'entraîner dans sa chute. Nouveau fracas, confusion d'Axel, qui tenta de se remettre sur pied. « Ça va aller », fit encore la voix, cette fois derrière lui. Le corps qui l'avait frappé s'élevait pourtant devant lui. C'était une silhouette massive, trapue, qui patientait dans l'obscurité, calculant sa prochaine attaque.

– Petit con ! ragea le corps sans visage.

Pourvu d'une voix d'homme.

Axel tenta de l'esquiver, mais son assaillant se projeta avec assez de vélocité pour l'atteindre en pleine poitrine. Soudain, l'héro coula plus abondamment dans ses veines, le réchauffa jusqu'aux os. Axel sentit la lave puissante le lécher de l'intérieur, dans ses bras, dans ses jambes, jusque dans sa bouche, ses yeux. Quand la charge se fit intenable, ses jambes flanchèrent et il s'écroula. L'homme approcha de lui, se pencha au-dessus de son corps, et Axel vit son visage pour la première fois. Des favoris drus, une moustache broussailleuse, des fentes sombres à la place des yeux. *On se connaît ?* eut envie de demander Axel, au lieu de quoi retentit à nouveau la voix de Cam, au fond de la pièce. « Ça va aller, Axel. »

Axel comprit en voyant le commutateur dans la main de son bourreau. Un bouton d'activation à distance. La voix de Cam avait été préenregistrée, et c'est cet homme qui la diffusait dans la salle depuis le haut-parleur crachant d'ordinaire la brutalité techno-industrielle dont Axel s'abreuvait lors de ses phases créatives.

– *Muori, figlio di puttana!* lança son agresseur.

L'artiste chercha à se propulser à nouveau sur ses jambes, mais elles refusèrent de lui obéir. Le *horse* dans son sang galopait à vive allure, le *trip* était à nul autre pareil, faisant gicler dans l'esprit d'Axel des éclats de rouges, de verts, de dorés, des éclats d'argent, puis versicolores. Bientôt, Axel goûta la froideur de sa propre salive, qui s'était écoulée sur sa joue, une joue dont il ressentait désormais la pleine présence, comme si elle était innervée de milliers de conduits visant à lui faire ressentir sa propre existence. Et bientôt la froideur se répandit dans son cou, son torse, ses membres, puis mua en une douleur sèche et déchaînée qui se mit à irradier depuis son ventre.

Et il comprit en portant sa main à son abdomen. L'agresseur lui avait planté un surin dans le ventre, le faisant déchirer ses chairs en chutant par-dessus Axel. Le jeune homme ferma les yeux, goûta cet ultime instant où il se sentit vivre, le temps d'un souffle ou deux. Puis il disparut, emporté dans des élans changeant le multicolore en soubresauts de noirs et de blancs intenses.

Et comme Axel mourut, la lumière se fit. L'Italien qui avait assassiné l'artiste se retourna. Danielle Camirand ne lui avait pourtant pas indiqué qu'il aurait de la compagnie, après avoir liquidé Dagenais.

– Les mains en l'air, lança depuis un recoin de la pièce un homme qui tenait en joue l'assassin de Dagenais. Je vous arrête pour meurtre. Vous avez le droit de garder le silence.

Philippe Hamelin avait bien fait de suivre le tuyau que lui avait donné Danielle « Cam » Camirand, lui aussi. *Il va y avoir quelque chose de louche au musée,* avait-elle pressenti. *C'est ta chance de briller, Hamelin.*

Il passa les menottes à l'homme qui avait poignardé Axel Dagenais. Et se prépara à briller pendant les quelques années qu'il restait à sa carrière.

3

Centre de détention d'Orsainville

Le grand freluquet qui étirait dans sa bouche les fourchetées, à l'autre bout de la même table que lui, l'observait du coin de l'œil depuis qu'il s'y était installé pour dîner. Il avait l'air visqueux, de ceux dont le Président refusait de s'entourer : un corps filiforme, sans tonus, une barbe déposée par saccades qui lui salissait les joues plus qu'elle ne le faisait homme. Ses yeux de fouine dissuadaient la confiance, foraient l'âme en quête de secrets dès qu'ils se posaient sur autrui.

Le Président souleva son assiette et se déplaça à la table d'à côté. Deux minutes plus tard, la fouine le rejoignait et osait s'asseoir en face de lui.

– Je te connais, toi.

– Je pense pas, non.

– Oui, je suis sûr que oui. T'es le gars de la TV…

– Va-t'en. Je veux manger tranquille.

La fouine plissa les yeux comme s'il était possible de les dissimuler davantage.

– Oui, c'est ça… On t'a vu à la TV. T'es le gros bonnet qui a tué sa fille.

Le Président se leva d'un bond et frappa du revers de la main l'assiette de l'importun, éclaboussant un petit homme âgé assis à la même table qui le dévisagea d'un air mauvais.

– Dégage, cracha le Président.

– Les nerfs, les nerfs, *copino.* Tu survivras pas longtemps ici si tu montes dans les tours chaque fois qu'on t'approche. Il va falloir t'entourer. Tu pourrais avoir besoin de quelqu'un comme moi.

Le Président adressa un signe de tête au vieux prisonnier qu'il avait éclaboussé des pommes de terre pilées de la fouine puis se rassit.

– J'ai pas besoin de compagnie. Fous le camp, je te dis.

– Je te parle pas de compagnie. (La fouine s'avança, comme pour favoriser la confidence.) Je pourrais te renseigner. Je m'appelle Ben. Ben Charon.

– M'en cogne. Va-t'en, je veux manger tranquille.

Ben recula sur sa chaise et toisa son vis-à-vis, comme s'il lisait en lui.

– À la TV, ils ont dit que t'étais un agresseur de femmes. C'est vrai, ça ? Parce qu'ici… ceux qui s'en prennent aux femmes et aux enfants, ils font pas long feu.

Le Président sentit son cœur tomber dans ses viscères. Il n'était pas sans savoir qu'une incarcération dans un milieu aussi hostile risquait de mal se terminer, si d'autres apprenaient les raisons de sa captivité.

– J'ai pas d'argent à te donner.

Ben sourit, dévoilant des dents réparties dans sa bouche sans souci d'uniformité.

– Me semble, oui. (Il redevint sérieux.) Ton argent et ton crime, c'est justement ce qui va t'attirer des bleus, ici.

– Qu'est-ce que tu veux ?

Ben haussa les épaules.

– Causer. Je suis un bavard. C'est le principal luxe qu'on a, ici.

– J'ai tout ce qu'il me faut, répliqua le Président.

– Tu vas avoir besoin de quelqu'un pour te présenter les autres. Les fiables, les moins fiables.

– Pourquoi tu ferais ça ?

– Qu'est-ce qu'on ferait pas pour un peu de compagnie, hein ?

Ben se tourna et salua d'un mouvement de tête un autre détenu qui venait de s'attabler avec son assiette, à la table qu'ils avaient délaissée.

– Tu connaissais le peintre, toi, hein ? demanda Ben.

– De qui tu parles ?

– Le gamin qui est aux nouvelles. Dagenais, je crois.

Le Président leva les yeux vers Ben. Tout à coup, le fouineur était moins innocent qu'il n'y paraissait.

– Pourquoi Dagenais fait la une ?

– Il s'est fait tuer.

Le Président resta coi. Il ne pensa pas à exiger de son vis-à-vis qu'il lui apprenne comment les choses s'étaient passées. Pour le moment, il fallait trouver en lui s'il était soulagé ou frustré de la mort de celui qui avait assurément assassiné Anne.

• • •

Delphine Poulin décrocha à la troisième sonnerie.

– Vous avez regardé les nouvelles ? s'empressa de lui demander le Président.

– Quoi, on annonce encore de la pluie ?

– Dagenais… C'est vrai qu'on l'a tué ?

– J'ai vaguement entendu ça, oui.

— Ils savent qui c'est?

La voix du Président trahissait une évidente fébrilité.

— Ça vous importe?

— Je veux savoir qui remercier.

— Je vais faire comme si je n'avais rien entendu. Maintenant, raccrochez avant de vous nuire, au lieu de gaspiller le seul appel qui vous est alloué aujourd'hui.

— L'enquête aura lieu quand même? s'inquiéta-t-il.

— Pourquoi croyez-vous que la mort de Dagenais changerait quoi que ce soit?

— Anne mérite la vérité.

L'avocate soupesa ce qu'elle avait envie de dire, puis décida de lâcher le morceau néanmoins.

— Anne a eu accès à une partie de la vérité. La vôtre, monsieur le Président. C'est ce qui l'a conduite hors de chez vous.

Il raccrocha, choqué.

Poulin avait raison. Comment avait-il pu s'aveugler d'autant d'inepties? Anne était morte parce qu'elle avait vu la vidéo envoyée par Taïga. Son père avait senti le besoin de l'éloigner du foyer, le temps de réfléchir à une stratégie. Dans la foulée, il l'avait jetée dans la gueule du loup, parce qu'elle avait besoin de réconfort et que son propre père n'avait pas su le lui prodiguer.

On en revenait encore et toujours à Taïga. Danielle la Tempête avait disparu sans demander son reste, depuis l'arrestation de son amant. Comment ne pas croire à une machination? Comment ne pas croire que Danielle Camirand n'était pas responsable de ce qui était arrivé? Qui sait, elle était peut-être même à la source de l'assassinat de Dagenais…

Dani était peut-être même Taïga.

• • •

Ben la fouine errait nonchalamment dans la cour. Le Président le salua mollement d'un signe de tête. L'autre rappliqua dans la minute.

– Ça va ? s'informa le gringalet.

– J'achève de disperser le sable qu'il y a dans mes poches.

– Hein ?

Manifestement, Ben n'avait jamais entendu parler du film *Les Évadés.*

– T'as des oreilles dans le vrai monde, toi ? s'enquit le Président.

– Ça dépend...

– Si je te demande de te renseigner sur quelqu'un...

Au-dessus d'eux, les gardiens disposés à égale distance les uns des autres, sur la coursive, épiaient les agissements des détenus à qui on offrait l'illusion de la liberté. Certains se lançaient un ballon comme des enfants dans la cour d'école, d'autres choisissaient de rester assis pour humer l'air et se laisser caresser par la brise automnale.

– Marche, les matons vont finir par penser qu'on conspire.

Le Président précisa ses besoins : savoir ce qui était arrivé à Axel Dagenais ; surtout, apprendre qui était son assassin.

– Ça peut prendre un certain temps...

– J'ai cru comprendre que j'aurai le luxe de patienter un peu, railla l'homme d'affaires.

Ben sortit de ses poches un jeu de cartes qu'il refila au Président.

– Mélange, ordonna-t-il. On a le temps d'une partie de Gin Rummy.

Le Président s'exécuta et remarqua le jeu qu'utilisait Ben : le dos des cartes présentait le musée Gaudí.

– J'ai visité Barcelone, quand j'étais plus jeune, indiqua la fouine, tandis que le Président distribuait. Savais-tu que les Espagnols avaient que des hommes comme figures ? Un valet, un cavalier et un roi. Les Français ont remplacé le cavalier par une femme – la dame.

Les soupirs du Président, s'ils n'échappèrent pas à Ben, n'empêchèrent pas ce dernier de pérorer sur sa connaissance des cartes, du tarot à l'*Hofämterspiel*, puis aux cartes à jouer modernes.

– Tu joues ?

– Quoi ?

– C'est à ton tour, *copino*.

– Écoute... laisse tomber, ok ? Je me suis trompé de gars.

Le Président abandonna les cartes en éventail sur le sol et entreprit de se lever.

– Ton cavalier... fit Ben, il a été remplacé par une dame, tu penses ?

La fouine avait repris le même air que dans la cafétéria, quelques heures plus tôt : ses yeux plissés disparaissaient dans la chair grasse de son visage, sa bouche formait un rictus qui donnait à croire que Ben retenait du mieux qu'il le pouvait sa bouche de proférer des insanités.

– Ton cavalier... Dagenais. Il est tombé de son cheval, on dirait. Il se pourrait que ce soit une femme qui l'ait fait descendre.

Le Président se rassit avec intérêt.

– Comment tu sais ça, toi ?

– Tu l'as dit : j'ai des oreilles à l'extérieur.

– Combien ?

Le Président était on ne peut plus sérieux, et Ben comprit que son nouveau *copino* parlait d'argent.

– On en discutera, l'ami, répondit Ben. Pour l'instant, vaut mieux rester tranquille et se concentrer sur le Gin Rummy. Si tu joues bien tes cartes, je te présenterai peut-être quelqu'un demain. (Il récupéra les cartes et les mit de force entre les mains du Président.) Allez. Sers-moi.

Sers-moi.

Les mots résonnèrent dans l'esprit du Président et le parachutèrent des années en arrière. Des années que Demeïana et lui avaient remplies de silence, cachant la poussière sous le tapis.

Serre-moi.

– Ça va ? s'informa Ben.

Non. Rien n'allait plus depuis des jours, des semaines. Et à présent émergeaient des souvenirs qui jetaient un nouvel éclairage sur les événements.

Pendant quinze ans, Démie avait assommé le Président d'impressions, de croyances, de réflexions métaphysiques qui découlaient de la peur de sa propre fille ; une peur alimentée par son propre sentiment de culpabilité.

Anne avait été conçue dans un acte du Mal, avait un jour allégué Démie.

À ce jour, le Président ne l'avait jamais crue.

4

Quinze ans auparavant

Guadalajara, Mexique

Demeïana Zakladna n'avait pas toujours été prude et rabat-joie.

Ils allaient célébrer le troisième anniversaire de leur rencontre et le Président lui avait suggéré qu'ils fassent les choses en grand. Ils avaient mis le cap sur le Mexique.

Demeïana s'était acclimatée à la vie nord-américaine assez rapidement. En immigrant au Québec, elle avait appris le français, s'était intégrée à la communauté en prenant part à des événements caritatifs – elle avait jeté son dévolu sur la sensibilisation au harcèlement auprès des enfants. Elle-même victime dans les rues de Bratislava, Demeïana en avait bavé. On l'avait asservie à de viles besognes, on avait monnayé sa beauté, on l'avait battue pour s'offrir l'accès à la suavité de sa bouche, on l'avait droguée pour profiter d'elle. Mais Demeïana s'était relevée et, miraculeusement, elle avait refait sa vie, un jour à la fois.

De tous les excès qu'elle avait connus, l'alcool était le seul auquel elle s'autorisait de céder de temps à autre.

Le Président l'avait amenée dans un restaurant de la Colonia Americana. La *cochinita pibil*, une viande de porc marinée enveloppée de feuilles de bananier puis rôtie dans un four en terre, les avait surpris et ravis par sa simplicité et sa succulence. Après le repas, ils avaient repéré un bar chic de l'avenue Chapultepec, une des artères névralgiques de la ville. Dans cette section de Guadalajara, les commerces et les bars étaient fréquentés par les plus opulents. À l'époque, le Président détenait une majorité de parts dans une petite société québécoise que ses partenaires, deux anciens zélés de HEC comme lui, avaient mise sur pied. On lui avait servi sur un plateau d'argent sa première entreprise : il fallait un troisième membre pour l'investissement initial.

L'*Asino Blanco* exposait probablement tout ce que le Mexique avait à offrir de dorures et de surfaces réfléchissant la lumière. Le comptoir central en inox réfléchissait l'éclairage que faisaient couler des lustres ostentatoires, et un large miroir faisant figure de mur derrière le bar dupliquait la salle. La place était bondée et aussitôt en y mettant les pieds, Demeïana avait été inoculée par une lascivité qu'elle avait exprimée d'abord en embrassant goulûment son homme – ce à quoi elle s'adonnait rarement en public. Puis elle avait commandé quatre *shooters* de téquila – elle baragouinait l'espagnol, mais c'était un baragouinage moins malhabile que celui du Président. Elle avait avalé ses *shots* sans demander son reste et servi au Président le regard de celle qui allait profiter de tout ce que l'*Asino Blanco* allait lui permettre.

Demeïana avait dansé, comme en transe, signalant régulièrement à son homme de se joindre à elle sur la piste de danse. Il avait décliné ses invitations jusqu'à comprendre qu'il n'allait pas s'en tirer. Des années plus tard, bien que l'envoûtement qui les avait animés pendant ce premier voyage en duo s'était estompé comme une brume matinale, le Président se souviendrait encore de ce sourire étincelant que lui avait adressé Demeïana quand elle l'avait senti la saisir par la taille et l'avait vu se dandiner plus maladroitement encore que lorsqu'il parlait espagnol. Leurs corps en avaient long à se dire.

Ce qu'ils avaient fait, d'ailleurs, une fois de retour à la chambre, dans cet hôtel luxuriant du quartier Mexicaltzingo. À proximité s'élevait un casino, et le Président savait que personne n'allait en ressortir avec un gros lot comparable au sien.

– T'as de la chance, petit Président.

Demeïana le surnommait ainsi depuis quelque temps, pas par narquoiserie mais parce qu'elle savait ce qui l'attendait, lui, dans les années à venir : il allait devenir important. Il ne tarissait pas les occasions de proclamer qu'on allait savoir qui il était, qu'il allait lancer une affaire florissante, que sa future compagnie deviendrait l'un des fleurons du monde des affaires québécois. Mais ce qu'il aimait par-dessus tout dans le sobriquet, c'était le frottement du *r* dans la bouche de Demeïana. Il recelait quelque chose d'excitant. Elle avait tout quitté de la Slovaquie pour le suivre – tout, sauf cet accent qui leur rappelait à tous les deux, chaque jour, à quel point leur rencontre était fortuite.

– Je t'adore, chérie.

– Tu m'adores comme ça, plutôt, fit-elle en se mettant les mains sur les hanches, ce qui accentuait la courbe de son bassin et faisait s'avancer ses seins, que le Président devinait sous le bustier blanc crème qu'elle portait.

Il l'agrippa par la taille et la rapprocha de lui. Ses vêtements sentaient les oignons et la friture en raison de tous ces *enchiladas* qui étaient sortis des cuisines à l'*Asino Blanco*. Mais même si les vêtements de Demeïana avaient fleuré la lavande, comme d'habitude, il aurait tout de même eu envie de les lui retirer et de passer le reste de ses jours dans un état de nudité intégrale à ses côtés.

– Je prendrais un autre verre… fit Demeïana.

Elle dégota, dans le minibar, une bouteille intacte de téquila Patrón et en servit deux parts, généreuses, dans les verres fournis avec la carafe à eau. Elle avala le sien d'une seule rasade et le Président l'imita.

– C'est ça que je veux, dit-il en soulevant son verre vide.

– On peut en rapporter une bouteille ou deux, tu sais.

– Non, tu comprends pas, Démie.

Il était devenu sérieux, mais sa femme, elle, ne parvenait pas à focaliser son regard droit sur lui, tant l'alcool avait ravagé ses sens tout au long de la soirée.

– C'est ça, mon avenir, mon projet d'affaires. La téquila !

– Téquila ! chanta Demeïana, comme si son homme avait appuyé sur un bouton pour rehausser son sens de la fête.

– Je suis sérieux, *babe*. On va prendre les arrangements qu'il faut. Il doit y avoir moyen de produire de la téquila au Québec.

– Téquila ! répéta-t-elle avant de leur servir à tous les deux encore à boire.

Le Président sourit et l'embrassa dans le cou.

Elle déposa son verre sur la commode, trop brusquement, prit à deux mains le visage de son homme puis l'embrassa. Sa langue chercha la sienne. Une fois qu'elle l'eut trouvée, le reste se fit tout seul.

• • •

Au milieu de la nuit, le Président sentit la main de Demeïana sur sa cuisse. Les amants avaient égrené les dernières heures en alternant tentatives de faire l'amour, frustration du Président devant l'incapacité de maintenir une érection dans un tel état d'ébriété, et sommeil – faute de mieux.

En ouvrant les yeux, il aperçut son épouse, nue par-dessus les draps. Il la trouva magnifique et décida que pareille nuit n'allait pas s'évanouir sans exultation. Il la caressa, et lorsque sans ouvrir les yeux elle lui sourit, il comprit le signal. Il plongea en elle, doucement d'abord. Leurs corps se remettaient en marche et cette fois, ils avaient le meilleur des deux mondes : ils se sentaient grisés par les relents de ce qu'ils avaient ingéré tout en étant maîtres de leurs gestes.

Mais l'étaient-ils réellement ?

Le corps de Demeïana se cabrait sous les assauts du plaisir, leurs gémissements étaient presque synchronisés, lorsque de nulle part le Président entendit sa voix.

– Serre-moi.

L'esprit encore embrumé, il contempla sa femme dans toute sa splendeur. Son teint lacté malgré le soleil mexicain, ses yeux chargés d'une lubricité qu'il ne lui connaissait pas... Il accédait à une part nouvelle de Demeïana. Une part située à mi-chemin entre la clarté et la noirceur.

– Serre-moi.

Il lui obéit, l'entoura de ses bras, mais bientôt, les déhanchements de l'épouse devenaient carrément déments. Les yeux fermés, il la serra plus fort, empoigna ses seins pour tout avoir de son intimité.

– Serre-moi.

Il l'observa. Elle lui rendait son regard concupiscent. Ils étaient à l'orée de l'extase.

Il ferma les yeux pour tout goûter.

– Serre-moi.

Lorsqu'il les ouvrit, ses mains encerclaient la gorge de Demeïana et serraient, comme elle l'avait exigé. Il la serra, fort et longtemps.

• • •

Il avait joui depuis un moment lorsqu'il lâcha sa prise. Le teint pâle de Demeïana avait bleui.

– Chérie ? Ça va ?

Elle ne répondit rien. Sa tête était retombée sur le côté, son corps inerte était encore chaud des multiples caresses, mais l'épouse ne réagissait à aucun stimulus.

– Démie ? Démie, réponds, *babe*. Hé !

Il la secoua, attrapa ses bras, qui retombèrent chaque fois qu'il tenta de les soulever.

– Putain, non ! Non, merde, non !

Le Président se précipita hors du lit et se mit à faire les cent pas dans la chambre. Dans l'embrasure du rideau, il nota les points de couleur qui tavelaient la nuit : Guadalajara ne dormait pas.

Il agrippa le téléphone… pour appeler qui ? Quelqu'un à la réception ? Qu'allait-il dire ?

– J'ai tué ma femme, pas par haine, au contraire, par amour, oui, c'est ça, par amour, on s'aime, on a baisé comme des perdus, on s'est saoulés à la téquila pendant des heures, on a perdu le sens de la réalité et du rêve, elle m'a demandé de serrer, je l'ai serrée, trop, trop longtemps aussi, trop d'amour, trop de désir, trop de…

Trop d'air. Il hyperventilait. Tellement que le bruit de tout cet air qu'il emmagasinait produisit un râle qu'il ne reconnut pas comme étant sien.

Sur le lit, Demeïana remuait les jambes. Elle n'était pas morte !

– Chérie ! *Babe* ! Réponds, OK ? Tu vas bien ?

Demeïana émit un son qui ressemblait à certains de ceux dont elle avait abreuvé le désir du Président, quelques minutes plus tôt. Quand elle tourna la tête, le Président sut que quelque chose en elle avait changé. Sa bouche n'arrivait pas à reprendre des couleurs : ses lèvres mauves ondulaient, laissant croire que Demeïana tentait peut-être de formuler ce qu'elle avait vécu.

Ce qu'elle avait vu. Ce qu'elle avait vu par-delà les confins qu'il lui avait fait franchir.

– Oh, chérie ! Je suis tellement désolé…

Il l'enserra contre lui puis regretta son geste : elle avait besoin d'air. Il ouvrit la fenêtre, laissant libre accès aux bruits de la rue, des meuglements d'abrutis, des sirènes, des rires.

– Qu'est-ce que t'as fait ?

La question était brutale, mais il savait que jamais il n'allait suffisamment l'éluder pour qu'elle s'évanouisse.

– Tu m'as dit « serre-moi ».

Demeïana secoua la tête.

– Non.

– J'ai cru que tu voulais que… je sais pas ce que j'ai cru… j'étais saoul, Démie… Ça s'est fait tout seul…

– Non. Je n'ai pas dit « serre-moi ».

– Oui, *babe*, tu…

– Non, insista Demeïana. Je l'ai entendu, moi aussi.

• • •

Le Président et sa jeune épouse quittaient le Mexique deux jours plus tard. Deux journées dénuées de la fébrilité et de l'insouciance qui avaient marqué leur séjour. Demeïana l'avait juré : elle était morte pendant ces huit minutes d'asphyxie. Lorsque le Président lui avait demandé si elle avait entendu la voix *avant* ou *après* son faux trépas, elle n'avait su que répondre.

Des années après l'incident, du fond de sa cellule, le Président allait se rappeler qu'à bien y penser, il n'avait jamais vu la bouche de Démie s'ouvrir pour prononcer ces mots. « Serre-moi. »

Des mots qui n'étaient, après tout, peut-être pas ceux que le Président avait cru toutes ces années avoir perçus.

Une fois rentrée au pays, Demeïana avait appris qu'elle était enceinte. Pour elle, il ne faisait aucun doute que la semence du Président avait nidifié en elle au cours des quelque huit minutes pendant lesquelles sa gorge tuméfiée avait cessé d'aspirer l'air. Elle était revenue d'entre les morts. Avec le temps, elle allait se demander si c'était une grâce ou une malédiction.

Anne s'était campée en elle lors de cette nuit. Démie avait entendu sa petite âme.

Mais le Président avait tout faux : les choses lui apparaissaient plus nettes, avec le recul.

« Sers-moi », avait scandé la voix.

Anne avait été conçue dans un acte du Mal.

Un acte qu'elle avait peut-être commandé elle-même.

5

Centre de détention d'Orsainville

Carmella DeSalvo l'attendait déjà dans la salle des visites. Le Président avait mal dormi, hanté à la fois par les souvenirs de ce voyage à Guadalajara qui avait tout déclenché, mais aussi par une idée qui torpillait toutes les autres. D'où émanait le mal : d'Anne ou de lui-même ? Qui avait donné naissance à qui ? Ce qui lui arrivait depuis quelques semaines, était-ce bien le fait de ce qu'Anne avait instillé dans leur existence, à lui et Démie, ou était-ce le fruit pourri de sa propre responsabilité ?

– Merci d'être venue.

– Je me sens comme les groupies de Charles Manson… fit Carmella en baissant les yeux.

– Les groupies de Manson voulaient l'épouser. Croyez-moi, c'est la dernière chose que vous voulez de moi, Carmella. J'ai un service à vous demander.

– Allez-y. Mon contrat est encore valide pour un mois et comme il n'y a plus rien à surveiller chez vous…

– Vous serez payée, et j'espère que vous profiterez de l'argent pour prendre des cours de tact. Vous allez me dire si Danielle Camirand et Axel Dagenais se connaissaient.

– Et comment je ferai ça ?

– Vous manquez de tact, mais pas d'imagination, Carmella. Je vous ai vue à l'œuvre. C'est vous qui dites à Solomon et Décarie quoi faire, c'est vous qui avez eu l'idée d'aller dissuader le médecin de ma femme lorsqu'elle demandait à mourir.

– On peut pas dire que ça a fonctionné...

– Trouvez quelqu'un, Carmella. (Une pensée lui traversa l'esprit.) Est-ce que Tomas vous a parlé de la personne qu'il a engagée pour enquêter sur un dénommé Taïga ?

DeSalvo secoua la tête.

Le Président fouilla dans sa mémoire. L'enquêteur privé qu'avait employé Ruiz avait un nom qui rappelait la noblesse ou un statut privilégié... Leroy !

– Anthony Leroy, fit-il. Contactez-le. Demandez-lui de vous aider.

• • •

Ben la fouine déambulait dans la cour, faisant errer son regard un peu partout, comme tous les jours, cherchant un nouveau centre d'intérêt. Il battait compulsivement les cartes de son paquet, en quête peut-être d'un partenaire de jeu.

Cette fois, c'est le Président qui l'aborda.

– Pourquoi t'as parlé d'une femme ? De quelle femme il était question ?

Ben se retourna et lui adressa un sourire sardonique.

– Tout le monde parle de femmes, ici, Président.

– Fais pas l'innocent. T'as dit que mon cavalier était remplacé par une femme. De qui tu parlais ?

— J'ai des antennes à l'extérieur, comme tu le sais. Mes antennes me parlent.

— Est-ce que tes antennes t'ont déjà dit que je m'organise pour écarter ceux qui me nuisent ?

Ben prit un air offusqué.

— Je veux pas te nuire, Président. J'ai dit ça pour t'aider.

Il rangea ses cartes dans la poche arrière de son jean. Il leva les yeux vers un des gardiens, sur la coursive, et leva les mains pour montrer patte blanche.

— T'as entendu parler de l'évasion d'il y a cinq ans ?

Par réflexe, le Président jeta un œil aux gardiens. Dans la liste des mots à proscrire en pareil territoire, *évasion* trônait probablement au sommet.

— Trois gars ont réussi à se sauver en hélicoptère.

— Ils ont été retrouvés deux semaines après.

— Exact, confirma Ben. J'étais supposé sortir avec eux.

— C'est ça, et moi je devais incarner le soulier de vair dans le prochain remake de *Cendrillon*. C'est dommage, je me suis retrouvé emprisonné.

— Ris autant que tu veux, mais c'est la vérité.

— Pourquoi t'as pas essayé, alors ?

— Je leur ai dit que le plan allait foirer. Le contact, à Montréal, a changé d'avis. Il a eu peur et s'est défilé. Les gars ont voulu partir quand même. L'hélico était réservé et tout.

— Et tu me dis tout ça parce que… ?

— On finit toujours par rembourser ce qu'on doit, Président. Dehors ou dedans, c'est pareil. Les gars qui sortent sont différents. Moi, j'ai choisi ma place. J'ai un rôle, ici.

— La fouine.

Les lèvres de Ben dessinèrent un rictus amer.

— Je préfère me voir comme un point de contact entre le monde extérieur et le monde intérieur. Tous les gars ici peuvent avoir besoin de moi. J'ai jamais eu à me battre, jamais eu d'avances, jamais subi de chantage. Je sais monnayer ce que je vaux.

– Et quel est le prix de ta langue ?

– Je veux pas d'argent. Je veux de la compagnie.

– Il y a des livres, argua le Président.

– Les livres disent toujours la même chose. Moi, j'aime les nouvelles histoires. Les racontars, le bavassage, les potins… Ça vaut n'importe quelle bagarre dans la cour ou un film le vendredi soir. Tiens, tu vois le gars, là-bas ? (Ben pointa un barbu à l'air plutôt perdu, assis contre un mur, dans un rectangle ensoleillé de la cour.) Il s'appelle Martin Prince. Il est arrivé il y a six mois. Prince est devenu la pute de tout le monde, ici. Il y a deux semaines, il est venu me demander si je pouvais lui procurer du laxatif.

– T'es magasinier en plus ?

– Non, tout ce que je peux te procurer, c'est des infos, *copino*. Mais Prince aurait donné son bras gauche pour du jus de pruneau. Le prochain qui allait le prendre de force allait connaître le sort des Américains qui ont osé débarquer au Vietnam. Aspergés au napalm.

Ben regarda le Président sans rire.

– Ça, c'est le genre d'histoire qui nous divertit, ici.

Ben s'assit dans un coin d'ombre et rajusta le col évasé de sa chemise.

– La plupart des gars, quand ils sortent, ils disent qu'ils ont payé leur dette à la société. C'est des conneries. Tu payes rien du tout en restant ici. Moi, j'ai décidé que ma contribution allait être d'informer les gars, dedans, de leur refiler les infos dont ils ont besoin. C'est ça, mon rôle.

– Qu'est-ce que t'as fait pour te retrouver ici, Ben ?

La fouine évita le regard du Président, se contentant de fixer le sol.

– J'ai trop parlé. C'est dans ma nature.

– Pourquoi t'as dit que mon cavalier avait été remplacé par une femme ? Si t'as une info, je suis preneur.

– Si mes antennes ne se trompent pas – et d'habitude, elles donnent l'heure juste –, quelqu'un d'intéressant devrait débarquer ici aujourd'hui ou demain. Ou peut-être bien d'ici la fin de la semaine. (Ben se tourna vers le Président et planta son regard dans le sien.) Ça pourrait t'intéresser de faire sa connaissance.

• • •

– Ils vont finir par penser qu'on a une aventure, vous et moi, dit DeSalvo quand le Président saisit le téléphone pour lui parler derrière le comptoir vitré voué aux visites.

Elle portait les mêmes vêtements que lorsqu'il l'avait accueillie, trois jours plus tôt. Carmella DeSalvo était prisonnière à sa façon, se dit-il.

– Vous avez trouvé quelque chose ?

– Ça se pourrait.

– Leroy, l'enquêteur... vous lui avez parlé ?

– Pas encore, mais j'ai lu les journaux. Et je suis allée sur le Net.

– À la maison ? s'enquit-il.

– Non, chez moi. Pourquoi j'aurais fait ça chez vous ?

Le Président se tança intérieurement. Sa méfiance envers autrui s'était accrue et il n'avait exclu aucune hypothèse quant à la possible identité de Taïga.

DeSalvo reprit :

– Axel Dagenais était connu de la police. Du moins, son nom résonnait à leurs oreilles.

– Expliquez-moi ça.

Le Président se rapprocha de la vitre, comme si cela pouvait lui permettre de mieux entendre DeSalvo.

– J'ai commencé par éplucher les articles qui traitent de sa mort. Il a été poignardé au musée que vous avez financé.

Le Président ignorait ce renseignement, et son réflexe initial fut de se dire que c'était une brique de plus qui s'ajoutait au mur d'adversité qui l'attendait. On allait forcément chercher à relier les points entre l'assassinat de Dagenais et lui… surtout s'il s'avérait que c'était l'artiste qui avait tué Anne. Comment ne pas y voir une commande de la part d'un homme aussi puissant que le Président pour venger sa fille ?

Vous faites désormais partie des impuissants, lui avait appris son avocate.

– Vous m'écoutez ? s'impatienta DeSalvo.

Le Président hocha la tête, agacé.

– Est-ce qu'on sait qui a tué Dagenais ?

– Ce n'est pas mentionné dans ce que j'ai lu. Le premier policier arrivé sur les lieux s'appelle Philippe Hamelin. Ça vous dit quelque chose ?

Ce n'était pas le cas.

– Là où ça devient intrigant, poursuivit DeSalvo, c'est que quand on cherche les noms de Hamelin et de Dagenais dans un moteur de recherche, on constate que ce n'était pas la première fois qu'ils se rencontraient.

DeSalvo semblait prendre goût à l'affaire, elle parlait avec une frénésie mal dissimulée qui dégoûta le Président. On s'amusait à ses propres frais.

– Il y a quatre ans, Hamelin a été appelé sur les lieux d'un double homicide à Vanier. Quand il est arrivé, il a découvert Axel Dagenais. Le jeune avait 13 ans. Sauf que Hamelin n'était pas le premier représentant de la police arrivé sur les lieux. Je vous laisse deviner qui était l'autre.

Dani.

6

Quatre ans auparavant

Vanier

François avait pourtant promis que les choses se dérouleraient comme prévu.

Mais il l'avait appelée, paniqué, trente minutes plus tôt, dans un état altéré.

Lorsqu'elle avait pénétré dans l'appartement, Camirand – « Cam » pour les intimes qu'ils étaient devenus au fil des années – ne l'avait pas reconnu. François Dagenais était livide, ses cheveux hirsutes donnaient l'impression qu'il avait essayé de les arracher de son scalp, et ses yeux globuleux (ceux-là mêmes qu'il posait sans ménagement sur Cam lorsqu'il la rencontrait seul à seule) allaient tomber de leurs orbites, s'il ne refermait pas un jour ces paupières rétractées par l'effet de sa défonce.

– Frank ! Frank, calme-toi ! Je suis là, maintenant, fit Cam en avançant lentement vers lui.

– Casse-toi, Camirand. Sors, merde ! Je le sais, que t'es venue pour m'attraper ! Sors ! Dégage, merde !

– Frank… François… Prends le temps de t'asseoir, on va parler.

– Me touche pas, putain !

– Je te touche pas, Frank. Je veux juste qu'on parle. Explique-moi ce qui s'est passé.

François s'assit sur le sofa huit secondes à peine, après quoi il bondit comme si les mites qui colonisaient sans doute son siège décati lui avaient mordu le cul.

– Ils vont venir, Cam. Ils vont venir…

– Mollo, Frank… Parle. Je t'écoute.

François Dagenais connaissait Danielle Camirand depuis au moins cinq ans, ce qui correspondait précisément au moment où la policière avait cédé à la tentation. Après une opération d'infiltration, elle avait passé six mois en désintox. Mais elle avait rechuté. On l'avait mise en contact avec François, qui lui avait refilé du hasch. « C'est temporaire », avait allégué Camirand. Elle avait raison. Le mois suivant, Frank lui faisait découvrir la coke, et soudain le hasch prenait des airs de camp d'entraînement pour la vraie saison. « Y en aura tant que t'en voudras, ma belle », avait promis Frank.

Il avait fallu que Cam – le surnom était si approprié, avait rigolé Frank – s'abaisse à répondre aux faveurs de son dealer, ce à quoi s'était résolue Camirand, faute de parvenir à se sevrer. L'astuce consistait à savoir espacer les visites et, surtout, masquer sa dépendance devant les collègues de la Sûreté. Chose plus facile à dire qu'à faire.

Dernièrement, Frank avait pistonné Camirand au sujet d'une cargaison de cocaïne qui allait faire escale à Montréal. Dagenais avait été mandaté pour contribuer à la répartition et, selon ses dires, il allait en profiter pour se régaler un peu.

Ce qu'il avait fait, preuve étant les trois briques totalisant six kilos de cocaïne qui dormaient depuis quelques jours dans le mur de la salle de bains, confiées à la surveillance de Monsieur Propre et de chiffons destinés à récurer les toilettes – pas assez souvent au goût de Camirand, s'il fallait se fier à l'odeur de pisse qui embaumait le logement.

– De quoi t'as peur, Frank ?

Camirand le rejoignit à sa hauteur et posa ses mains sur ses épaules, comme elle l'eût fait pour un enfant à qui elle se serait apprêtée à apprendre qu'il devait se laver les oreilles chaque jour.

– Ils vont venir, les cons. C'était pas une bonne idée, Cam. C'est sûr qu'ils savent que je les ai volés…

– Combien t'as pris ?

– Ils vont…

– Combien t'en as pris, là, avant que j'arrive ? insista-t-elle.

– Hein ? Je sais pas… cinq lignes, peut-être six. Sept, maximum.

– Merde, Frank… Tu me mets dans la merde, tu le sais, hein ?

Au moins, Dagenais avait eu le réflexe de l'appeler sur son téléphone personnel. Dagenais était évidemment fiché par la police, et Camirand allait devoir trouver une façon de supprimer les traces de son appel de son propre portable.

– Ok, dit-elle, on va se calmer et on va réfléchir. Il y a peut-être moyen de retourner le reste du stock.

– Il en est pas question.

La voix, graveleuse même si c'était celle d'une jeune femme, avait tonné depuis le fond de l'appartement. Et bien qu'effrayante en raison de toutes ces veines qui lui striaient le front, de la coulure de sang qui lui reliait le nez à la bouche et de cette sueur qui avait détrempé la chemise translucide qu'elle portait, la femme maigrelette qui avait jeté ces mots dans la pièce détenait autre chose de nettement plus menaçant que son physique squelettique de *junkie*.

– Laisse-nous tranquilles, souffla-t-elle entre ses dents comme si elle jetait un mauvais sort. Le pistolet qu'elle pointait sur Camirand tremblait, et la policière aurait parié que ce n'avait rien à voir avec la nervosité ni l'indécision mais bien avec l'agitation de celle qui avait sniffé une trop grande quantité de poudre pour s'étourdir autant que son copain.

– Roxanne…

Roxanne Mailloux, cliente privilégiée de Frank et, accessoirement, celle qui faisait figure de compagne de vie depuis une quinzaine d'années.

– C'est bon, Frank, le rassura Camirand. On va s'arranger. Hein, Roxanne ? On va parler. Range le flingue et on va…

Le premier coup partit en flèche et détruisit le lustre kitsch qui descendait du plafond dans un coin du salon. Par réflexe, Camirand s'était accroupie et, en relevant la tête, elle s'aperçut que Roxanne n'en avait pas terminé. Une nouvelle détonation troua le mur, à quelques centimètres à peine de Dagenais, trop défoncé pour craindre de mourir.

– Pauvre conne ! Tu vas payer pour ça, pauvre conne ! hurla Roxanne avant de se mettre à piétiner le plancher comme si l'amante de son conjoint croupissait sous ses semelles.

Camirand en profita pour sortir le Glock de son holster et viser. D'un seul coup, elle atteignit Roxanne en pleine poitrine. La jeune femme s'écroula sans demander son reste. Avec un peu de chance, elle n'avait peut-être rien ressenti du tout.

Dans son coin, Dagenais se mit à hurler à son tour après avoir vu sa copine s'affaler.

– Arrête de crier, Frank ! fit Camirand avec fermeté. Y a moyen de te sortir de tout ça, mais il va falloir que tu m'écoutes.

Mais François Dagenais avait d'autres plans en tête. Il se propulsa vers Camirand, les bras en avant pour lui arracher le Glock.

Ou simplement pour donner à Cam une raison de le dessouder comme Roxanne. Le coup de feu retentit et lui transperça le front. L'instant d'après, le corps de Dagenais était au plancher.

Camirand se releva et soupira. Si elle avait su que venir dans ce quartier la mènerait à descendre deux toxicos en phase maniaque… Comment allait-elle justifier ce qu'elle faisait ici ?

Avant de songer à une explication, elle avait mieux à faire. Sa dépendance lui dicta de se rendre dans la salle de bains. Camirand repéra le carré découpé maladroitement dans le mur de gypse et le retira.

– Putain… souffla-t-elle en découvrant un seul sac restant, éventré, la coke qu'il contenait répandue parmi les détritus et la tuyauterie. Non, merde, non !

Dagenais et Mailloux avaient-ils sniffé l'essentiel du stock en si peu de temps, dans la crainte que les motards ne les retrouvent pour leur faire rembourser leur dette ?

Elle pivota pour sortir de cet endroit crasseux. Elle aussi se sentait souillée par la tournure qu'avait prise cette soirée. Puis elle se figea avant d'avoir franchi le chambranle.

Depuis la cuisine, un garçon braquait sur elle ce qui eut d'abord l'air d'un jouet, jusqu'à ce que Camirand se rende compte que c'était le Sig Sauer qu'avait abandonné Roxanne Mailloux en s'allongeant sur le sol.

– Oh, là ! tu fais quoi, toi ? Doucement, OK, garçon ? Comment tu t'appelles, mon grand ?

Le garçon, à peine adolescent, fronçait les sourcils. Ils avaient un enfant, comprit Camirand, un nouveau poids au creux de l'estomac. Dagenais n'en avait jamais dit mot. *Évidemment, idiote,* se semonça-t-elle. *Pourquoi aurait-il parlé de son fils quand tu venais le laisser te baiser pour de la poudre ?*

– Axel, consentit à répondre le jeune.

– D'accord, Axel. Respire profondément, ferme les yeux et donne-moi l'arme. C'est pas fait pour...

La détonation éclata et fit instinctivement se jeter au sol la policière. Elle allait le découvrir pendant les années qui allaient suivre : aucune des drogues auxquelles elle allait s'abandonner ne lui procurerait de montées d'adrénaline comme le coup de feu de ce garçon. La sensation était si puissante qu'il fallut à Camirand remarquer le sang sur la manche de son manteau pour comprendre qu'il l'avait atteinte.

– Axel ! Attends ! hurla-t-elle. Il fallait éviter de pointer le Glock sur lui. Le jeune avait, quoi, treize ans ? quatorze ? Un bourdonnement dans son oreille droite lui indiqua que le projectile lui avait rasé la tête, son tympan essuyant l'essentiel des dommages.

Dans un geste désespéré, déséquilibrée par le choc, Camirand se jeta sur le jeune et le désarçonna suffisamment pour qu'il se fige. Lorsqu'elle le terrassa, il laissa échapper le fusil et poussa un son révélant qu'elle lui avait coupé le souffle.

– C'est fini, Axel. C'est fini, là.

Le garçon se mit à sangloter, prenant la mesure de ce qu'elle lui avait enlevé au cours des dernières minutes.

La minute suivante, la porte du logement s'ouvrit et un flic apparut. Lorsqu'il la regarda, Camirand le reconnut, même s'il travaillait pour les municipaux. Ils s'étaient croisés par le passé.

– Camirand ? Qu'est-ce que tu fais ? Ça va ?

Le sergent Philippe Hamelin avait été alerté par l'appel à l'aide d'une voisine. Cinq coups de feu en l'espace de quelques minutes, dans une résidence de Vanier, ne pouvaient pas passer inaperçus.

– Ça va, Phil, lâcha-t-elle. Aide-moi à me relever.

– Merde, Camirand, t'es pleine de sang... C'est qui, lui ?

La policière détailla l'adolescent, lut la peur qui, dans ses yeux, s'était substituée à la haine.

– Il s'appelle Axel. Il m'a aidée, mentit-elle. Ses parents étaient sur un trip dangereux. La mère a essayé de me tirer dessus. Axel a fait diversion. J'ai dû descendre les deux. Ils le menaçaient aussi.

Le garçon garda le silence. Le temps à venir s'étirerait assez pour lui permettre de savoir si la version de la policière le satisfaisait.

• • •

L'opération avortée dans ce logement de Vanier marqua officiellement la fin de la carrière de Danielle Camirand dans la police. On la convainquit d'abord de consulter un psy, de prendre le temps de se remettre. Puis on se questionna sur ce qui l'avait attirée dans cet appartement avant même qu'un appel soit passé au 911. Pourquoi une policière de la SQ se trouvait-elle déjà sur les lieux, meurtrière des deux locataires, au moment où le premier flic – Hamelin – avait fait irruption ? Le temps s'écoulant et l'enquête traînant en longueur, Camirand fut reléguée au travail de bureau avant d'être poussée à la retraite par un syndrome de stress post-traumatique qu'elle tentait, en vain, de maintenir aux tréfonds d'elle-même en l'anesthésiant avec de la coke. Elle avait 44 ans, des cauchemars à répétition et la capacité de concentration d'un chaton fourré jusqu'au cou dans l'herbe à chat. François Dagenais était mort à cause d'elle ; Cam honorait sa mémoire à sa manière. Les Affaires internes finirent par abandonner le dossier et Camirand se retira en campagne, peinarde, sur la Rive-Sud. Dans la foulée, l'ex-policière promit à Philippe Hamelin qu'elle lui en devait une, le policier du SPVQ ayant témoigné en sa faveur auprès des pontes de la Sûreté.

Après la tragédie, Axel Dagenais fut confié à la Direction de la protection de la jeunesse. Âgé de treize ans, il se promena d'une famille d'accueil à une autre, commettant quelques larcins par-ci par-là. À seize ans, il déserta l'école.

Et trouva Danielle Camirand en rentrant chez lui, le même jour, dans ce grand studio qu'il louait dans un sous-sol du quartier de son enfance.

– La retraite est monotone, Axel… fit Camirand.

Ainsi s'organisa, de fil en aiguille, un commerce de réciprocité dont les bases étaient le chantage, les menaces et le qui-vive de chacun. Axel Dagenais, devenu accro à quelques-uns des péchés mignons de papa et maman, n'avait pas quitté l'école pour apprendre à fabriquer des maquettes. Il accepta d'approvisionner Camirand en « gentils poisons », moyennant quoi l'ex-flic gardait le silence à la fois sur la raison véritable pour laquelle son oreille droite était à moitié coupée et sur les frasques du jeune homme en matière de trafic de drogue.

– Ils te croiront pas… osa Axel. Ils vont dire que ça fait longtemps et que t'as menti.

– T'es pas con, Axel. Ils risquent de me faire chier, c'est vrai, mais j'ai plus rien à perdre. Tandis que toi… t'as ta liberté. Jusqu'ici, t'es un ado perdu, un orphelin errant. Mais c'est encore mieux que d'être analysé par des psys qui vont te fouiller le crâne et par des flics qui vont te garder à vue en soupçonnant que si t'as tiré sur une des leurs à treize ans, tu pourrais bien recommencer à cause du stress post-traumatique.

– Espèce de salope…

– Appelle-moi Cam. Ton papa adorait ça.

7

États-Unis, autoroute I-95

La route était un long corridor luxuriant bordé de chênes d'un vert d'espérance, et Danielle Camirand savourait la fraîcheur de la climatisation dans l'habitacle de sa Ford Taurus blanche – une automobile parfaite pour ne pas attirer l'attention. Quelques miles encore et elle atteindrait l'*Interstate* 20 qui tournait vers l'ouest pour traverser le Texas. Elle avait commencé à mieux respirer depuis qu'elle s'était arrêtée, à Weston, dans le Massachusetts, pour remplacer la plaque d'immatriculation québécoise par celle du Texas qu'avait laissée à son attention son contact, dans la boîte postale d'une maison abandonnée.

Camirand était vannée mais ne disposait pas du luxe de se plaindre. À l'heure qu'il était, la vie du Président était à feu et à sang, et avant longtemps elle serait la femme la plus ardemment recherchée du Québec pour avoir foutu la merde avant de disparaître. Ceux qu'il fallait éliminer l'avaient été, mais étrangement, elle n'en éprouvait pas autant de ravissement qu'elle aurait cru en ressentir, quand les choses s'étaient présentées à elle. Axel Dagenais avait probablement expiré son dernier souffle au moment où elle franchissait la frontière à la hauteur de Stanstead. Elle avait beau y penser, elle ne ressentait pas la moindre pitié pour le jeune homme. Son seul regret était d'avoir eu à se sevrer afin de prendre ses distances de lui. Les jours étaient durs, et il arrivait régulièrement à Camirand d'être aux prises avec des tremblements par lesquels son corps hurlait le manque... Mais elle avait réussi à se contrôler à la frontière. Elle avait caché son oreille coupée sous ses cheveux, aussi – elle le faisait toujours, encore plus à présent qu'il lui fallait devenir totalement ordinaire. Quiconque aurait vu Danielle Camirand nue, depuis une semaine, se serait questionné sur la provenance de ces griffures sur ses cuisses et son ventre. Automutilation : le seul truc qu'elle avait trouvé pour que son esprit se focalise sur autre chose que le manque de cocaïne. *Ça passera* : un mantra qu'elle répétait des centaines de fois par jour.

D'ici une journée ou deux, la pression retomberait. La route qui sillonnait le sud états-unien était ponctuée de temps à autre de tatous téméraires écrasés sur le bitume. Une fois au Texas, Camirand verrait poindre les ocotillos dans les plaines. Les changements de végétation lui donnaient l'illusion qu'elle fuyait assez loin pour qu'on finisse par l'oublier. Mais rarement son esprit l'exemptait de ces pensées réalistes visant à la garder alerte. On allait se demander où se terrait l'ex-policière agressée par le Président. Peut-être même allait-on en venir à considérer que toute cette histoire avait été montée de toutes pièces – la défense du magnat de la téquila allait reposer essentiellement là-dessus.

Tant pis, songea Camirand. Elle serait loin, à ce moment. On en viendrait éventuellement à se questionner sur ses motifs, sur ce qui l'avait poussée à tout mettre en œuvre pour foutre en l'air la vie de cet agresseur de femmes, de cet idiot à l'esprit tordu. Elle imaginait déjà les gros titres des journaux : *OÙ SE CACHE*

L'EX-POLICIÈRE CAMIRAND ? POURQUOI S'EST-ELLE ÉCLIPSÉE ? L'EX-LIEUTENANT DANIELLE CAMIRAND : L'HÉROÏNE EN CAVALE.

Pourquoi, pourquoi, pourquoi ?

Parce que c'était possible, pensa-t-elle. Ils allaient élaborer des hypothèses complexes, alambiquées, probablement même lui accorder un rôle sexiste en bout de ligne. Mais la réponse était si simple : *parce que c'était possible.* Il y avait une ouverture, et Camirand s'y était faufilée. Sa retraite forcée l'avait aigrie, avait exacerbé sa dépendance aux drogues dures. L'oisiveté n'était pas pour elle. Puis le hasard avait mis sur sa route le Président, qu'elle avait séduit en un tournemain. Il avait été assez naïf pour se confier à elle, lui parlant d'Isabelle Pouliot. Le reste avait été un jeu d'enfant.

Si le plan se déroulait comme elle l'entrevoyait, elle allait caracoler en toute impunité tandis qu'il paierait pour ses excès. Allait-il lui manquer ? Certainement pas plus que la cocaïne. Ce qu'elle aurait donné, là, tandis qu'elle empruntait la bretelle transférant la Taurus sur l'*Interstate* 20, pour goûter la volupté d'une ligne… La dernière année avait été marquée par l'abnégation, par la patience, usée par les fantasmes débiles de ce parvenu de couilles molles. Le meilleur moment de Camirand avec le Président ? Lorsqu'elle lui collait le Walther sur la tempe et faisait mine de le flinguer. Si elle avait été une femme impulsive, elle l'aurait fait pour vrai, aurait savouré l'image de sa cervelle éclatée sur le mur de ces chambres minables qu'il réservait pour eux.

Mais ce faisant, elle aurait saboté ses propres ambitions.

• • •

Une douzaine d'heures plus tard, Camirand résistait comme elle le pouvait à la brûlure acide du sommeil dans ses yeux. Elle avait fendu le Texas d'est en ouest et arrivait à El Paso.

Le rendez-vous avait lieu dans Sunset Heights, un quartier huppé au riche héritage historique. Elle repéra l'école primaire Vilas. L'homme dans le parking n'avait pas menti : il l'y attendait.

L'obscurité n'était combattue que par quelques lampadaires. Au sud-ouest du quartier s'allongeait l'autoroute 10, qui remontait vers le Nouveau-Mexique. Quelques centaines de mètres encore au sud s'étendait Mesilla Valley, à un jet de pierre de la frontière mexicaine.

L'homme était assis dans les marches de l'école. Camirand voyait des spirales de fumée de cigarette nimber sa tête, dans la pénombre. L'humidité était harassante, même à cette heure avancée de la nuit. À peine fut-elle descendue de la Taurus qu'elle sentit une pellicule de sueur lui couvrir les bras et la nuque.

– Suis-moi.

Il avait décidé de la tutoyer, et Camirand jugea que c'était un juste tribut, compte tenu des risques qu'ils avaient résolu d'encourir à deux. Il l'entraîna derrière le bâtiment, où patientait la bagnole bon marché qu'il avait dégotée pour l'occasion.

– On partira à 7 heures, lui indiqua-t-il.

– Pourquoi pas maintenant ? Si tu conduis, je peux dormir une heure ou deux.

– C'est trop louche, en pleine nuit. Tiens.

Il lui fila un sac comme on en utilise pour ramasser les feuilles à l'automne. Elle y puisa une perruque, des vêtements de rechange, un faux passeport et du maquillage.

– Federica ? s'étonna-t-elle en consultant le passeport mexicain. J'ai l'air d'une Federica ?

– Ton visage et ton nom ont sans doute déjà traversé la frontière canadienne, expliqua-t-il. Dans pas longtemps, le FBI sera de la partie.

Malgré la touffeur ambiante, Camirand frissonna.

– Je connais quelqu'un à la frontière, au nord de Ciudad Juarez, ajouta l'homme. Il nous laissera passer.

Lire : le douanier avait été acheté.

– En attendant, viens avec moi. Je vais te montrer où tu peux dormir en sécurité.

Elle monta dans le tacot sur lequel il avait jeté son dévolu.

– Je peux savoir ce que tu veux, au juste, une fois de l'autre côté ? demanda-t-il pour faire la conversation.

Elle sourit.

– Une Pontiac Banshee. Il doit bien y avoir un Mexicain qui en conserve une quelque part.

8

Centre de détention d'Orsainville

Delphine Poulin téléphona au Président en fin de matinée, ce jour-là.

— Votre audience préliminaire aura lieu dans deux semaines.

— Ils ont trouvé Danielle ?

— Non, mais sa photo fait le tour du pays, au moment où je vous parle.

— Ils vont quand même poursuivre avec la mise en accusation ?

— Vous êtes la vedette de deux vidéos incriminantes, monsieur le Président.

— Si vous foirez, j'engagerai de meilleurs avocats que vous pour aller en appel. Et je m'organiserai pour vous faire payer.

— Prévenez-moi, que je puisse tout filmer. On ajoutera ça à votre collection, le cingla-t-elle.

Il raccrocha avant de céder à l'envie de violenter l'acoustique du téléphone à la Joe Pesci dans *Casino*.

En après-midi, DeSalvo lui rendit visite.

– Anthony Leroy est sur le coup, lui apprit-elle. Si ça peut vous intéresser, le dénommé Taïga n'a pas récidivé. Leroy n'a rien vu de nouveau de son côté. Et entre vous et moi, il aurait été étonnant qu'il remarque quoi que ce soit.

– Qu'est-ce que vous voulez dire ?

– Il n'a jamais entrepris d'enquête sur Taïga.

– Comment ?

– Leroy vous a téléphoné parce qu'on lui a demandé de le faire. On lui a dicté ce qu'il devait vous dire. Mais il n'est jamais allé plus loin, indiqua DeSalvo. Il n'a jamais levé le petit doigt pour s'informer de son côté. Son appel était un coup monté.

– Et mon adresse IP ? L'information était vraie ou pas ?

DeSalvo eut un sourire étrange.

– Il a fallu que je le menace un peu, mais il a fini par admettre que l'information était vérifiable, mais qu'on la lui avait transmise.

Dani.

Elle avait eu ce qu'elle voulait puis elle avait déguerpi. Nul besoin d'intervenir, par la suite. *Pour écrire à qui, de toute façon ?* se dit-il.

Dani. Taïga. Ils étaient une seule et même personne.

Le Président se demanda à quel moment Danielle Camirand avait pu pirater le réseau internet domestique pour leur écrire, à Anne et lui.

Une idée prenait forme dans son esprit.

– Vous vous y connaissez en informatique, Carmella ?

– Pas vraiment.

– Vous pourriez vérifier si Dani… si Danielle aurait pu se servir de mon adresse IP depuis un autre endroit ?

– Vous pensez à un emplacement en particulier?

Oui, justement, une idée commençait à le titiller.

• • •

Dans l'après-midi, il s'installa au soleil, appuyé contre un mur de la cour intérieure. Il n'avait eu le temps de lire que la première page du *Tragédien malgré lui* de Tchekhov emprunté à la bibliothèque lorsque Ben s'amena à sa hauteur.

– Y a quelqu'un que t'aimerais peut-être rencontrer, dit la fouine.

Le Président abandonna sa lecture et suivit son guide. À l'autre extrémité de la cour, il aperçut un attroupement de détenus qui le dévisageaient d'un air mauvais.

– T'en fais pas, lui dit Ben, ils font ça avec tout le monde. Il t'arrivera rien ici. Les matons veillent comme des vautours.

Ben entraîna le Président dans un recoin à l'ombre.

– Il m'avait dit qu'il viendrait, fit-il.

– De qui on parle? s'impatienta le Président.

– Le gars que je voulais te présenter… Il est arrivé hier.

– Et pourquoi ça m'intéresserait?

– La dame qui a remplacé ton cavalier… il paraît qu'il l'a consultée avant de s'amener parmi nous.

Dani.

L'heure de liberté surveillée passa sans qu'un troisième homme se joigne à eux.

– Désolé, *copino*. Je croyais bien qu'il allait sortir. Paperasserie d'arrivée, peut-être… Ou déjà le confinement, on sait jamais.

• • •

En prison, tous les chevaux deviennent bêtes de somme. Le Président pouvait être riche comme Crésus, il n'allait pas y échapper. Il avait prétexté la présence d'un ostéophyte au pied pour qu'on l'exempte de corvées, mais sa demande avait été rejetée.

On l'avait affecté aux paniers à linge sale. Sous la supervision d'un gardien, le Président faisait la tournée des cellules une fois par semaine pour récupérer les draps sales. Il terminait sa course à la buanderie.

En entrant, il remarqua que, pour une fois, William Perreault et Charles Jacob, les deux autres détenus affectés aux mêmes tâches que lui, n'étaient pas encore arrivés. Il plongea les mains dans le panier et attrapa les draps sales. Certains étaient souillés de sperme, d'autres de matières fécales, d'autres encore d'urine ou de sang. Plusieurs des prisonniers avaient laissé libre cours à leurs bassesses, sachant qu'il y avait un petit nouveau dans la buanderie.

Après avoir vidé son panier, il fallait le rapporter dans une salle adjacente, où s'entassait le matériel pour la tournée du lendemain. Le Président signa le registre pour confirmer que le panier dont il était responsable était revenu à sa base. Dans la pièce qu'il avait quittée l'attendait un monticule de draps propres au parfum agréable, rare élément réconfortant en ces lieux.

L'attendait aussi un homme qu'il n'avait jamais vu, un colosse dont le visage était encadré de favoris drus comme des brosses, aussi noirs que la toison qui lui recouvrait le crâne. Le Président se figea.

— Vous cherchez quelque chose ? demanda-t-il.

Quand le monstre mit la main dans son pantalon, le Président crut qu'il allait subir sa première agression sexuelle en taule. Sauf que la main du colosse ressortit sans son sexe, munie cependant d'un surin artisanal, peut-être forgé à même un ustensile de la cafétéria.

Quand l'objet tranchant s'enfonça dans son abdomen, le Président sentit le mal lui embraser les entrailles. S'immisça en lui dans un roulis de vagues brûlantes une lucidité nouvelle. Les choses lui apparaissaient, limpides. Perreault et Jacob avaient été mandatés pour laisser le champ libre à cet inconnu.

– Crève, connard! lança le mastodonte avec un accent européen.

Le Président tenta de se soulever, mais l'effort faisait suinter la plaie de bouillons de sang. Son survêtement était déjà tout imbibé. De sa bouche émanaient des borborygmes qui faillaient à exprimer sa souffrance.

Le colosse s'agenouilla à côté de lui.

– *Figlio di puttana!* ragea-t-il entre ses dents. *Occhio per occhio...*

Il approcha le surin du visage du Président et en appuya la pointe sur sa paupière.

– Le tien pour celui de ma fille...

Et juste quand il comprenait qui était Massimo Cavallo, le nouveau venu du Centre de détention d'Orsainville, le Président sentit la dague de fortune s'enfoncer dans le mince derme sous son œil. S'il était chanceux, la mort allait le prendre en pitié et l'emporter loin de la douleur d'être éborgné.

• • •

Même la mort lui refusa sa clémence. Le Président sentit son œil être expulsé de son orbite: il discerna la chaleur du sang sur sa joue. Son œil valide s'agrandit une ultime fois pour observer le père de Bianca Cavallo prendre l'organe qu'il lui avait prélevé, le laisser tomber sur le béton froid des entrailles de la prison et le piétiner comme un fruit pourri.

Le Président tourna la tête. Au lieu de son œil écrabouillé, il aperçut des bigarrures rosées, parcourues d'aurores boréales parées de tous les scintillements que promettait le monde. Puis un cercle mordoré s'agrandit jusqu'à l'engloutir. Mais avant de s'endormir de l'autre côté, le Président décela en lui le pourpre triste d'un corps fragile et décharné. Il reconnut Anne, ce qu'il en restait. Sa bouche de mourant – ou était-ce la plaie qui l'avalait ? – articulait une lente mélopée. *J'ai peur, Anne. Serre-moi. Serre-moi fort.*

Et dans la volupté de son ultime souffle, le Président s'entendit disparaître dans un nouveau songe.

9

Torreón, État de Coahuila

– On peut s'arrêter un peu ? le supplia Camirand. J'en ai ma claque.

Ils avaient traversé d'El Paso à Ciudad Juarez quelque vingt-cinq heures auparavant. Depuis, ils roulaient sans répit, comme si le mouvement continu pouvait leur éviter que ne leur collent aux semelles les affres de la corruption, de la criminalité liée aux cartels, à la misère. Ils longeaient à présent les confins du Coahuila et du Durango, des États que le gouvernement canadien recommandait d'éviter, comme le Sinaloa, le Jalisco... comme la plupart des États malfamés du Mexique. La traversée du désert était devenue un chemin de croix menant à l'affranchissement.

Il ralentit et rangea la camionnette bringuebalante le long d'une rue large aux propriétés pour la plupart clôturées. À quelques mètres se hissait l'enseigne de ce qui ressemblait à une garderie. Camirand la fixa longuement.

– Ça va ? lui demanda-t-il.

— Ouais. Je pense à sa fille. Anne ne méritait pas de mourir. C'est peut-être la seule personne innocente dans toute cette histoire.

Celui qui l'accompagnait acquiesça en silence.

— Tu sais ce qui est interdit de ce côté-ci de la frontière ? Le débile de la Maison-Blanche[13] et les regrets.

— J'ai pas de regrets, répondit-elle sèchement. Il mérite ce qui lui arrive, l'enfant de chienne.

— Penses-tu que Cavallo s'est occupé de lui ?

— Je sais pas. Qu'il ait planté Dagenais, ça me satisfait déjà. Le reste…

Elle esquissa un mouvement du revers de la main. Ce n'était plus qu'un caillou dans la chaussure. Demain, ce ne serait qu'un vilain souvenir.

Elle se tourna vers son guide et l'observa. Il était mignon. Tomas Ruiz la dévisageait, l'air intrigué, comme s'il cherchait à lire en elle. Elle se demanda si quelqu'un comme lui s'était jamais permis des excès comparables à ceux de son patron. Il était avocat ; elle en conclut qu'il avait peut-être fait pire. Mais avait-il molesté des femmes pour mieux acheter leur silence par la suite ? S'était-il cru tout permis à cause de sa fortune ?

Déjà, Ruiz était plus courageux que son ancien maître. C'était lui qui avait approché Camirand, six mois auparavant. Il était au courant de leur relation clandestine, il connaissait la faiblesse du Président pour les jolies femmes. Camirand s'était laissé séduire par l'homme d'affaires ; encore plus par les velléités de Tomas Ruiz de se venger de celui qui l'employait. Car l'avocat mexicain pansait ses propres plaies.

Une fois le poisson ferré, on était passé à la vitesse supérieure. La caméra dissimulée dans la chambre du motel Olympia, Ruiz

13. Donald Trump, à l'époque où le livre a été écrit.

qui s'était chargé lui-même de vérifier qu'elle était bien en place et fonctionnelle, lorsque lui et Cletus Mullins avaient ratissé la chambre, quelques minutes après que le Président y avait tabassé Isabelle Pouliot… Le reste s'était enchaîné dans un effet dominos, une enfilade qui avait culminé lorsque Camirand avait tiré sur Ruiz dans le parc Victoria. La terreur et les tremblements dans la voix de Danielle étaient bien réels. Ruiz était vêtu d'un gilet pare-balles. Il s'en était tiré avec seulement des ecchymoses à la poitrine et une perte de conscience juste assez longue pour permettre à sa partenaire d'intimer au Président de quitter la scène de crime. Le lendemain, Camirand elle-même téléphonait à Carmella DeSalvo, le toutou du Président, pour lui annoncer que Ruiz n'avait pas survécu à la nuit.

– Tu crois que cet homme, de l'autre côté de la rue, me laisserait boire une gorgée ? s'enquit Camirand.

Elle avait vidé les bouteilles d'eau jusqu'à leur dernière goutte et ils étaient à sec. Un vieillard abrité sous un chapeau de cow-boy, installé à l'ombre, sirotait une *cerveza*.

– Si tu sors du véhicule, tu te prends une bouffée de chaleur comme tu n'en as jamais senti.

– Je suis capable d'encaisser, assura-t-elle avec le sourire.

Il lui rendit son sourire. Oui, il était mignon, ce Tomas Ruiz.

Mais elle allait désormais devoir l'appeler Felipe Montalbán.

Et apprendre son histoire, qu'il allait lui raconter dans le détail après s'être arrêté dans une *tienda de conveniencia*[14] pour les ravitailler tous les deux en eau froide. Elle apprendrait entre autres qu'en quittant le Mexique cinq ans plus tôt, il avait abandonné à son sort sa mère. Que Ruiz était le patronyme de son père. Que sa mère, elle, s'appelait en réalité Esmeralda Cabrera. Que c'était la famille d'Esmeralda Cabrera que le Président avait

14. Épicerie.

détroussée de ses champs d'agave bleu pour réaliser ses lubies narcissiques. Que Ruiz, en arrivant au Québec, s'était astreint à parfaire son français. Qu'à défaut d'être intéressé par la vie de couple, il était tombé amoureux de la langue, ainsi que de la sonorité de certains de ses mots.

Son préféré ? *Taïga*. Il désignait un territoire froid et impitoyable.

Tout à fait ce que Ruiz devait s'employer à devenir, afin de venger les siens.

• • •

Une quinzaine d'heures plus tard, Felipe Montalbán et Federica Cabrera atteignaient les hauteurs de Puebla de Zaragoza, un des secrets les mieux prémunis contre la curiosité avaricieuse des Nord-Américains. À deux kilomètres du niveau de la mer, Felipe et Federica allaient changer de vie. La capitale était cernée par trois volcans qui leur rappelleraient chaque jour à quel point les secrets qu'on croit enfouis peuvent ressurgir sans qu'on s'y attende. Et qu'ils savent engloutir, sans discriminer, jusqu'au plus puissant.

Esmeralda Cabrera Ruiz n'avait pas survécu à la douleur d'être dépouillée des terres que son père et son grand-père avaient cultivées avec fierté pendant plus de quatre-vingts ans. Mais elle avait légué à son fils une villa sise au sommet du monde.

Ainsi que cinq millions de dollars canadiens, gracieuseté du Président, qui avait promis d'en faire cadeau à la mère de son avocat et plus précieux ami, à la mort de ce dernier.

10

Saint-Gabriel-de-Valcartier

La maison s'élevait au loin, dernière sur la gauche, une construction entièrement en bois dont le modèle architectural détonnait dans le paysage de bungalows. La façade triangulaire rappelait un chalet suisse, mais le bâtiment n'était pas soutenu par des pilotis. Le syndicaliste André Delorme et son épouse avaient choisi la forêt pour se dépayser, pour oublier les tensions du quotidien.

Carmella DeSalvo hésita avant de frapper. C'était ici que le Président avait agressé l'ancienne policière Danielle Camirand. Elle n'avait rien vu de la vidéo visant à l'incriminer, mais il lui semblait sentir les vibrations négatives de cet endroit. Delorme et son épouse venaient ici pour se ressourcer, mais leur résidence secondaire dégageait autre chose que le calme et la paix. *La tristesse,* trancha DeSalvo.

Ses jointures cognèrent sur la porte massive en bois. Elle patienta et, voyant qu'elle n'obtenait aucune réponse, elle tâta la poignée. Évidemment, on avait verrouillé. *Laisse tomber,* songea-t-elle. *Cet homme mérite probablement ce qu'il lui arrive. La police viendra immanquablement renifler de ce côté, si ce n'est déjà fait.*

Mais quelque chose incitait néanmoins DeSalvo à rester sur place, à insister. Elle contourna le bâtiment, en quête d'une fenêtre à ouvrir. *Tu considères vraiment la possibilité d'entrer par effraction ? De mieux en mieux, championne...*

DeSalvo repéra une fenêtre sur un des murs de côté. Delorme et sa femme devaient en apprécier la vue : elle donnait sur la forêt, dense, imposante, silencieuse. En étirant les bras, DeSalvo pouvait s'agripper au rebord, mais il allait falloir un appui pour se hisser. Elle trouva une souche arrachée derrière la maison et, en s'en munissant, réussit à grimper puis à ouvrir la fenêtre de force. *Si le système d'alarme se met à sonner, t'es cuite, ma grande.* Tant pis. La mission en valait la peine. Ce type la payait, coupable ou pas, et il exigeait d'elle une tâche qui sortait de son quotidien morne et redondant.

Pas de système d'alarme. En pénétrant dans la maison, DeSalvo nota l'odeur particulière. Un remugle d'humidité, comme si personne n'avait fréquenté ce lieu depuis des lustres. *Et pourtant...* se dit-elle en pensant à l'agression sexuelle qui avait eu lieu ici même. Elle frissonna à l'évocation de cette scène terrifiante. Le chalet des Delorme paraissait scarifié par quelque chose de sinistre. Les cendres dans l'âtre pouvaient être celles du dernier élan de joie qui avait jailli ici.

L'intérieur du chalet était une aire ouverte, les pièces isolées étant une chambre et une salle de bains. DeSalvo scruta les lieux, mais ne remarqua aucun ordinateur dans cette résidence. *Ils ont peut-être le wifi, tout simplement.* Elle testa l'hypothèse au moyen de son téléphone, trouva trois réseaux domestiques, se demanda si l'un d'entre eux correspondait à la résidence des Delorme, puis se traita d'idiote. Si on avait piraté l'adresse IP de la résidence du Président, à plus de trente kilomètres d'ici, qu'importe de dénicher le wifi dans cette cabane au fond des bois.

Qu'est-ce que je suis censée chercher, au juste? ragea-t-elle. *Des preuves de piratage? J'ai l'air d'une geek, peut-être?* DeSalvo supposa que pirater à distance une adresse IP nécessitait un matériel sophistiqué, or rien dans cette demeure muette n'évoquait le bunker secret...

Un détail attira toutefois son attention au fond de la pièce. Entre la chambre à coucher et la salle de bains apparaissait une porte qu'elle avait ignorée au départ. Puis elle se rappela que cette construction n'était pas sur pilotis. *Il y a un sous-sol...*

DeSalvo força la porte, qu'on avait maintenue verrouillée. De l'autre côté, un escalier s'enfonçait dans l'obscurité. En posant le pied sur la première marche, elle entendit un craquement qui ne semblait pas provenir de sous ses pieds et se demanda si elle avait par mégarde actionné un mécanisme installé par quiconque avait profané la résidence des Delorme.

Elle continua à progresser à tâtons vers les profondeurs de la demeure.

Plus tard, elle se dirait que ce que recelait la cave était peut-être pire qu'un mécanisme qui aurait menacé sa sécurité.

• • •

Au pied de l'escalier, DeSalvo perçut ce même craquement, doublé d'un cliquètement métallique. Un mauvais pressentiment. Ce nouveau son qu'elle venait de discerner, à quelques mètres à peine, pouvait-ce être... un gémissement?

Elle avança, avant d'être paralysée par un nouveau frisson. *La lumière... Où est le putain d'interrupteur?* se demanda-t-elle en tâtant le mur.

Dans le noir, quelque chose se mut sur sa droite, et DeSalvo ne put réprimer un cri aigu.

– Y a quelqu'un ? tenta-t-elle.

Un gémissement renouvelé lui répondit.

Puis un autre, superposé au premier.

DeSalvo regretta de ne pas être munie d'une arme. Elle rebroussa chemin pour regagner l'escalier. Il fallait laisser ce travail à d'autres qu'elle. Appeler le 911.

Elle trébucha sur la deuxième marche et, en cherchant à s'agripper, décela l'interrupteur sur le mur. Elle ferma les yeux et alluma.

L'étage inférieur du bâtiment était une cave humide au plafond bas. Le sol était en terre battue. Et d'après ce que DeSalvo voyait, la terre n'était pas la seule chose qu'on avait battue…

Carmella DeSalvo n'était que cheffe de la sécurité dans l'équipe déployée chez le Président. Elle n'avait aucun moyen de savoir qu'enchaîné au pilier le plus proche d'elle, l'homme bâillonné qui maugréait était André Delorme. Que la femme ligotée au pilier derrière lui était son épouse. La quinquagénaire avait sombré dans un état catatonique sans doute instillé par sa détention. Depuis combien de temps gardait-on ces gens captifs dans les entrailles de leur propre domicile ?

Plus loin, un homme plutôt costaud avait les bras striés d'égratignures à force d'avoir tenté de se libérer des chaînes qui l'entravaient. Mais DeSalvo n'avait aucune raison de savoir qu'il s'agissait de Cletus Mullins, qu'on avait amené de force après l'avoir privé de son arme à feu singulière pour tenter d'imputer l'assassinat du propriétaire du motel Olympia à un dénommé Max Bernard, agresseur de femmes invétéré. Le même Bernard qui, au fond de la pièce, était affalé au pied de son propre pilier, le visage ensanglanté et plongé dans le sommeil ou un état comateux.

Un geignement étiré et graveleux fusa depuis un renfoncement sur la droite. DeSalvo s'avança prudemment et trouva un nouvel otage. Elle reconnut Isabelle Pouliot, qu'on avait sanglée à un madrier. La pauvre femme semblait recourir à ses dernières énergies pour gémir.

DeSalvo sentit ses jambes faillir et dut prendre appui contre le mur. Mais elle n'était pas au bout de ses peines. Au milieu de la pièce, l'esprit du mal qui avait confiné tous ces gens depuis des jours exposait sa pièce maîtresse. DeSalvo daigna s'avancer pour mieux voir qui était cette autre personne qu'on avait ceinturée contre un pilier, dos à l'escalier d'où elle provenait.

Arrivée à sa hauteur, l'agente de sécurité hoqueta et sentit les larmes lui brouiller la vue. L'odeur ou ce qu'elle vit : qu'est-ce qui était le plus insoutenable ? Elle avait beau ne pas être une proche du Président, elle savait ce que son employeur avait trouvé dans sa demeure : l'enveloppe cutanée de sa propre fille.

DeSalvo, elle, avait sous les yeux la masse de chair de la jeune fille, un échafaudage de viande qui avait séché au fil des jours, dépourvu de la peau qui lui attribuait une identité propre.

Le hurlement qui jaillit de sa bouche, Carmella DeSalvo allait s'en souvenir jusqu'à la fin de sa vie. C'était une plainte apeurée, un grincement d'outre-tombe, le chant dont la Mort gratifiait ses émissaires lorsque tombait le jour.

11

… Carmella DeSalvo allait s'en souvenir jusqu'à la fin de sa vie. C'était une plainte apeurée, un grincement d'outre-tombe, le chant dont la Mort gratifiait ses émissaires lorsque tombait le jour.

Anne dépose sa plume et se masse la main droite. Elle relit ce qu'elle a écrit et sourit, inoculée d'une fierté qui se diffuse en elle comme une drogue dure. Au loin, le tonnerre décrète que l'orage n'en a pas fini de déverser son fiel sur la plaine. La pluie percole à travers les planches du toit de l'écurie, trouées par endroits depuis l'incendie qui a fait rage, l'année précédente. Lorsqu'une goutte se pose sur la page et conquiert l'ultime phrase du roman de l'adolescente, Anne est rappelée dans le réel.

« Goutte d'eau, goutte de sang, coule l'eau, sue le sang. » Comme une mélopée, en boucle, dans l'esprit de la jeune femme.

La nuit s'abat sur le jour comme une lente extinction. Dans la pénombre, les silhouettes deviennent anonymes, mais Anne se souvient de tout. Elle leur a façonné à toutes une histoire rendue pérenne par les mots inscrits sur le papier depuis une semaine, dans des élans frénétiques qui lui ont fait bouder le sommeil.

Sur la paille, dans un box au fond de l'écurie, gît Danielle, l'amante de son père. Anne a fait d'elle sa priorité, après son retour en société. C'était une maîtresse très à l'écoute, apparemment. Pour Anne, toutefois, Danielle Camirand est la responsable du suicide de sa mère. Ainsi s'explique le monceau de chair qui sert d'oreille à Danielle, sous sa tignasse rousse de putain faiseuse d'orpheline. Mais puisque nul ne peut mourir d'une oreille arrachée, Anne a pris les choses en main. Même dans l'obscurité naissante, on peut discerner le vilebrequin qui dépasse du sexe de Danielle, au repos après lui avoir broyé les entrailles.

La pluie s'intensifie, comme si c'était encore possible. Anne déteste l'orage. Il pourrait bien recouvrir le son des sirènes, si la police en venait à s'amener vers elle.

À l'hôpital, on lui a dit qu'elle ne pourra jamais plus vivre en société. Or Anne n'est pas âme à se faire dicter ses agissements. On l'a longtemps privée de ses mouvements, les heures de contention l'ont empêchée d'utiliser ses mains, on lui a refusé le moindre stylo, la plus inoffensive des feuilles de papier. Mais Anne n'a jamais cessé d'écrire. L'histoire s'est écrite en elle. Ne restait qu'à lui laisser libre cours après son évasion de l'hôpital psychiatrique.

C'est ce qu'elle a fait, précisément, en retournant à la maison après avoir disposé de Danielle. Il lui fallait revoir Axel. Le garçon l'a rendue folle – façon de parler, bien entendu. Elle a cherché refuge chez lui après le suicide de sa mère. Axel est vite devenu essentiel, Anne réclamait sa présence à longueur de journée. Au retour de l'école, le garçon a trouvé Anne, nue, dans sa chambre. « Serre-moi », lui a-t-elle demandé. Les choses ne se sont cependant pas passées comme elle l'escomptait.

Pourquoi fallait-il qu'Axel soit gay ?

Le regard hagard, dépossédé de sa chair, devenu manteau de peau rapiécé par la patience et la passion, Axel Dagenais continue à vivre aux yeux d'Anne, accroché à une des poutres encore solides de l'écurie.

Chaque fois qu'un éclair illumine son abri, Anne croit voir s'animer les yeux du garçon dont elle est follement amoureuse.

Enfin, il y a son père. Comment un petit employé d'usine sans instruction et sans ambition, dont le seul accomplissement notoire a été d'agir comme président d'un syndicat fade et inoffensif, aurait-il pu soutenir sa fille et comprendre ses aspirations, son désarroi, ses frustrations ? Sa colère d'être spectatrice du démantèlement familial ?

« Goutte d'eau, goutte de sang, coule l'eau, coule le sang. »

Anne a d'abord électrocuté son père tandis qu'il prenait son bain. Elle a attendu, attendu, attendu, jusqu'à ce que la peau de cet homme abject change de couleur, que ses yeux montrent l'envie de se jeter hors de leurs orbites.

L'oreille de Danielle, l'enveloppe cutanée du bel Axel, les yeux de papa, rassemblés comme un totem autour de la jeune écrivaine… Les carcasses de chair de ces corps prélevés de leurs bijoux, jetés sur la paille de l'écurie. Ainsi cohabitent depuis une semaine les peaux d'Anne, comme un testament à l'attention de ceux qui reconstitueront son histoire.

D'ici là, elle aura peut-être filé ailleurs, une fois l'orage apaisé.

Anne contemple l'horizon, ignore ce que demain lui réserve, à présent que son œuvre est achevée.

Dans le box le plus proche d'elle, Anne trouve le réconfort auprès de son meilleur ami. Un âne qui, malgré son air vulnérable, a résisté à l'incendie et a retrouvé son chemin jusqu'à l'écurie, après que tous les déserteurs l'ont cru parti pour de bon. Mais l'animal est un guerrier froid et impitoyable, qui ne laissera jamais tomber l'adolescente. Quand ses yeux scrutent la plaine, c'est pour visualiser les vastes contrées qu'il franchira avec sa cavalière.

Ce n'est pas sans raison qu'il s'appelle Taïga.

Remerciements

Je souhaite exprimer ma profonde gratitude à mon ami Simon Rousseau, qui a rendu possible l'écriture de ce roman en m'offrant le privilège de participer à cette extraordinaire collection que sont les *Contes interdits*. Il y a encore quelques mois, j'ignorais que sommeillait en moi cette histoire sordide qui noircit de méchanceté les pages de ce livre.

Merci à ma muse Chantale Gingras pour sa compréhension, sa générosité, ainsi qu'à mes enfants, Frédérique et Xavier, de m'inspirer mon rôle le plus important : celui d'un père faisant tout en son pouvoir pour préserver les siens d'un monde aussi sombre que celui qui est dépeint dans ce roman.

Steve Laflamme enseigne la littérature (entre autres la littérature policière) au Cégep de Sainte-Foy depuis 2001. Il a fait partie du comité de rédaction de la revue *Québec français,* de 2003 à 2011, en plus d'en être corédacteur en chef et d'y tenir une chronique sur le fantastique.

Son premier roman, *Le Chercheur d'âme* (Éd. de l'Homme, thriller), a été salué par la critique, tant au Québec qu'en Europe, en plus d'être finaliste pour le prix du Salon du livre du Saguenay-Lac-Saint-Jean, en 2017. Au printemps 2018, l'auteur remportait le prix littéraire Damase-Potvin, dans la catégorie « Écrivain professionnel », pour sa nouvelle noire intitulée « Quatre fois, quatre saisons ». En avril 2019 paraissait son deuxième roman, *Sous un ciel d'abîme* (Éd. de l'Homme), un autre thriller mettant en vedette son enquêteur Xavier Martel.

LES CONTES INTERDITS

Les 3 p'tits cochons

par Christian Boivin

Le Magicien d'Oz

par Maude Royer

Blanche-Neige

par L.P. Sicard

Peter Pan

par Simon Rousseau

La Belle et la Bête

par Simon Rousseau

Le Petit Chaperon Rouge

par Sonia Alain

Pinocchio

par Maude Royer

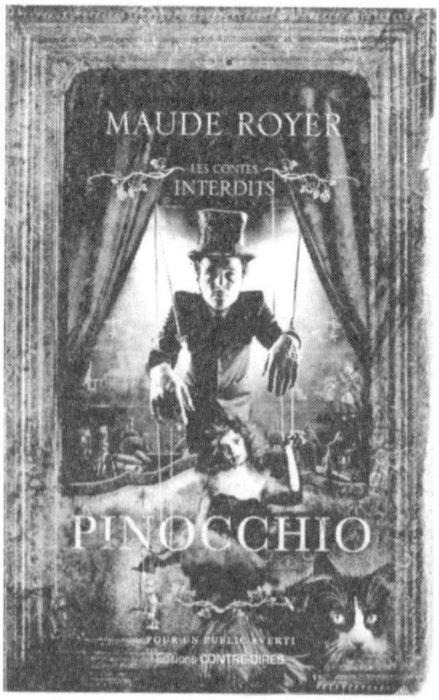

Ali Baba et les 40 voleurs

par L.P. Sicard

La Belle au bois dormant

par L.P. Sicard

La Petite sirène

par Sylvain Johnson

Cendrillon

par Sylvain Johnson

Boucle d'Or

par Yvan Godbout

Achevé d'imprimer en juillet 2022
sur les presses de la Nouvelle Imprimerie Laballery
58500 Clamecy
Dépôt légal : juillet 2022
Numéro d'impression : 207043

Imprimé en France

La Nouvelle Imprimerie Laballery est titulaire de la marque Imprim'Vert®